Rocky G. Hollister

Heißer als die Hölle – Der Unzähmbare Band 1

Historische Western-Reihe „Das Gesetz des Westens"

EK-2 Militär

Ihre Zufriedenheit ist unser Ziel!

Liebe Leser, liebe Leserinnen,

zunächst möchten wir uns herzlich bei Ihnen dafür bedanken, dass Sie dieses Buch erworben haben. Wir sind ein kleines Familienunternehmen aus Duisburg und freuen uns riesig über jeden einzelnen Verkauf!

Mit unserem Label *EK-2 Militär* möchten wir militärische und militärgeschichtliche, sowie historische Themen sichtbarer machen und Leserinnen und Leser begeistern.

Vor allem aber möchten wir, dass jedes unserer Bücher **Ihnen ein einzigartiges und erfreuliches Leseerlebnis** bietet. Daher liegt uns Ihre Meinung ganz besonders am Herzen!

Wir freuen uns über Ihr Feedback zu unserem Buch. Haben Sie Anmerkungen? Kritik? Bitte lassen Sie es uns wissen. Ihre Rückmeldung ist wertvoll für uns, damit wir in Zukunft noch bessere Bücher für Sie machen können.

Schreiben Sie uns: info@ek2-publishing.com

Nun wünschen wir Ihnen ein angenehmes Leseerlebnis!

Ihr Team von EK-2 Publishing

Heißer als die Hölle – Der Unzähmbare Band 1

von Rocky G. Hollister

Vorrede

Zu jener Zeit war die texanische Stadt El Paso inmitten der heißen und trockenen Chihuahua-Wüste direkt an der Grenze zu Mexiko eine »wilde« Town. Schießereien, Schlägereien und Messerstechereien waren an der Tagesordnung. Vor allem die Brüder Jim, Felix, Frank und John Manning terrorisierten die Bürger von El Paso. Doch dann kam Revolvermarshal Dallas Stoudenmire. Ihm gelang es, die Stadt zu befrieden, nicht aber die Mannings. Am 18. September 1882 führte die Fehde schließlich zu einer letzten und unheilvollen Begegnung zwischen den Kontrahenten. Diese und die Vorgeschichte dazu haben sich tatsächlich so abgespielt. Das Einschreiten von Dallas Stoudenmire und die nachfolgende Handlung hingegen sind frei erfunden.

An diesem späten Abend war der Himmel mit dunklen Wolken verhangen, durch die nur ab und an die fahle Sichel des Mondes glitzerte. Der scharfe Septemberwind, der von Osten aus der Chihuahuawüste über die Dächer der Adobehäuser und Holzhütten von El Paso strich, brachte Hitze und Sand mit. Bis auf einen großen, breitschultrigen, schweren Mann, der sichtlich Mühe hatte, sich in den Stiefeln zu halten, lag die nächtliche Main Street verlassen da. Er war nobel und nach letzter Ostküsten-Mode gekleidet. Unter dem schwarzen, langgeschossigen Gehrock trug er ein rüschenbesetztes weißes Hemd mit einer dunklen Seidenbinde, an dem der Blechstern eines US-Deputy-Marshals steckte. Tief an seinen Schenkeln, in einem gekreuzten Holster, hingen zwei sechsschüssige Double-Action-Revolver.

Dallas Stoudenmire wankte mehr, als dass er ging, nachdem er stundenlang in einem der Saloons gezecht hatte. Und so torkelte dieser ansonsten harte, unnachgiebige, aber zu dieser Stunde gänzlich betrunkene Mann, direkt in den Tod.

Völlig unvermittelt tauchten die beiden Gestalten aus dem Dunkel der Vordächer auf, gerade so, als hätten sie ihm aufgelauert. Doch Dallas Stoudenmire erschrak keineswegs darüber. Dazu war er viel zu berauscht. Außerdem kannte er sie. Bei dem großen Stämmigen mit dem dunklen Haar handelte es sich um Jim Manning. Der kleine hagere Blondschopf neben ihm war sein Bruder Felix. Sie waren um die vierzig, wirkten ziemlich hart und grob. Zusammen mit John und Frank betrieben sie den Coliseum Saloon und besaßen überdies eine Ranch außerhalb von El Paso.

Schon seit langer Zeit lag Stoudenmire mit den Brüdern in Fehde. Zudem hatte er geschworen, den Tod seines Schwagers und Deputys Stanley Cummings zu rächen, den sie auf dem Gewissen hatten.

Barsch wurden seine Gedanken unterbrochen, als Jim laut und mit höhnischem Unterton sagte: »Kaum zu fassen – der berühmte Revolvermarshal! Besoffen wie eine alte Armee-Haubitze!«

Wie Regentropfen ließ der Sternträger die Worte von sich abprallen. Er hob nicht einmal den Kopf, sondern starrte weiter unbeirrt auf die nächtliche Straße. Allerdings musste er nun stehenbleiben, weil die Männer ihm den Weg versperrten.

»Hat es dir die Sprache verschlagen?«, stieß Jim Manning zwischen den Zähnen hervor. Geringschätzig und aus haselnussbraunen Augen, in denen ein unkontrolliertes Feuer glomm, betrachtete er sein Gegenüber.

Dallas Stoudenmire konnte das Unheil geradezu wittern, das wie ein Leichengeruch in der Abendluft lag. Die Aasgeier versammelten sich bereits. Trotz des übermäßigen Whiskykonsums besaß er noch immer den Instinkt und die Erfahrung eines alten, narbigen Wolfes, der bei unzähligen Kämpfen gelernt hatte, in der erbarmungslosen Wildnis zu überleben. Selbst wenn seine Sinne etwas getrübt waren.

»Bist du taub, du Hundesohn?«, provozierte Jim weiter, in der irrigen Annahme, dass das Alkoholwrack vor ihm kein ernst zu nehmender Gegner mehr darstellte.

Der US-Deputy-Marshal schaute langsam hoch, so als ob er sich erst an die Lichtverhältnisse gewöhnen müsste. Tatsächlich war sein Blick getrübt. Aus dem rechten Mundwinkel lief ein Speichelfaden bis zum kantigen Kinn hinunter, der ihm geradezu das Aussehen eines Verrückten verlieh. Doch dies war er beileibe nicht.

»Wenn ihr Verdruss wollt, dann könnt ihr ihn hier und jetzt bekommen!«, lallte er undeutlich, bemüht seiner Stimme einen festen Ton zu verleihen.

Die Manning-Brüder lachten im Gleichklang auf. »Du kannst dich ja kaum auf den Beinen halten, du alter Säufer«, bemerkte der hagere Blondschopf. Allerdings verstummte er gleich darauf wieder und presste die schmalen, blutleeren Lippen zusammen. Denn nun ging ein Ruck durch den zwei Zentner schweren Körper des US-Deputy-Marshals, der die beiden Männer um Haupteslänge überragte. Selbst jetzt, da der übermäßige Whiskygenuss ihm eine leicht gebückte Haltung bescherte.

In diesem Moment kam der unbändige Hass an die Oberfläche, der seit Monaten tief in Stoudenmires Eingeweiden nistete und die dunstigen Schleier vor seinen Augen wie die ersten Sonnenstrahlen den Morgennebel vertrieb. Und noch etwas anderes, Dunkleres überschwemmte sein Bewusstsein: bittere Rache! Allerdings sagte ihm sein Verstand auch, dass er in diesem Zustand keine Chance gegen die Brüder hatte, obwohl der Alkohol ihn jegliche Warnung ignorieren ließ. In seinem Leben hatte er schon mit vielen Burschen abgerechnet, die sich mit ihm messen wollten. Und noch jeden hatte er bezwungen. Er war Dallas Stoudenmire, der berüchtigte Revolver-Marshal aus Aberfoil, Alabama! Verwundet im Bürgerkrieg der konföderierten Armee gegen die Yankees, als Texas Ranger heldenhaft gekämpft gegen die Indianer. Und hier in El Paso hatte er weitgehend mit den Banditen und Halunken aufgeräumt, die aus dem ganzen Land hergekommen waren. Nichts und niemand konnte ihn einschüchtern! Im Gegenteil: Normalerweise kuschten seine Gegner vor ihm!

So dachte Dallas Stoudenmire in dieser Nacht, getrieben von Selbstpathos und Mut. »Halt eure dreckigen Schandmäuler!«, sagte er mit rauer, aber ruhiger Stimme, so als würde er einen aufkommenden Gewittersturm beschwören. Unter den schwarzen, buschigen Brauen funkelten seine dunklen Augen hart wie Flintsteine. Seine ganze Gestalt straffte sich, die Fäuste schwebten über den Kolben der beiden Revolver. Fast greifbar lag die Spannung in der milden Abendluft.

Zunehmend verunsichert traten Jim und Felix Manning von einem Fuß auf den anderen. Das Lachen war ihnen vergangen, obwohl sie brutale und unnachgiebige Burschen waren. Langsam begriffen sie, dass der Sternträger selbst im

betrunkenen Zustand so gefährlich wie eine Klapperschlange war, auf die man unabsichtlich getreten war.

Doch bevor sie weiter darüber nachdenken konnten, zog
Stoudenmire jählings seine Waffen aus den Holstern. Er
war schnell, verflucht schnell, schlug die Brüder innerhalb
des Bruchteils einer Sekunde. Wie Donner grollten die beiden Schussdetonationen durch die Nacht. Jedoch verfehlte
der Marshal seine Gegner um Haaresbreite, weil seine Ziel-
genauigkeit unter dem Whiskyeinfluss litt. Mit einem be-
herzten Sprung brachte sich Felix Manning an ihn heran,
schmetterte ihm die Mündung seines Remington ans Kinn.

Für einen Moment tanzte ein Himmel voller Sterne vor
Stoudenmires Blickfeld. Der dumpfe Schmerz, der sein ganzes Gesicht überzog, raubte ihm fast den Verstand. Ächzend ging er zu Boden, behielt aber seine Schießeisen in den
Fäusten.

Während Jim Manning reglos dastand und die Szene beobachtete, drückte sein Bruder ab. Das heiße Blei schlug dem
Sternträger direkt in die Brust, zerriss den Stoff seines Geh-
rocks. Der Schuss wäre tödlich gewesen, wenn Stoudenmire
nicht ein dickes Papierbündel in der Brusttasche seines
Hemdes aufbewahrt hätte, das die Kugel abfing. Im Staub
liegend zog er erneut durch, traf Felix Manning in die rechte
Hand. Mit einem schmerzvollen Aufschrei ging dieser in
die Knie.

Schwerfällig kam der Marshal wieder hoch. Das Kämpfen
war sein Element. Aus den Augenwinkeln registrierte er,
wie nun Jim seine Bleispritze zog. Das lenkte ihn für einen
Moment ab, den Felix ausnutzte. Trotz der blutenden Hand-
wunde stürzte er sich auf seinen Gegner, klammerte sich
wie eine Klette an ihn, sodass Stoudenmire seine Revolver
nicht mehr einsetzen konnte. Ihm gelang es nicht, den klei-
neren und leichteren Mann abzuschütteln, was ihm ohne
den Einfluss des Whiskys sicher mühelos gelungen wäre.
Laut fluchend rangelten sie miteinander. Für einen

Augenblick schaffte es Felix sogar, den Kopf Stoudenmires in einem festen Armgriff zu fixieren.

Mit gezogenem Colt machte Jim Manning zwei schnelle Schritte auf die ringenden Gegner zu, zielte auf den keuchenden Marshal.

»Fahr zur Hölle, du elender Bastard!«, knurrte er. Dann drückte er kaltblütig ab.

*

La Frontera. So hieß die gottverlassene Einöde, die Texas mit den mexikanischen Staaten Chihuahua, Coahuila, Nuevo Leon und Tamaulipas verband. Hierher verirrten sich nur harte Männer und leichte Mädchen. Vielleicht noch ein paar Verrückte und Abenteurer, die auf ihre Zukunft keinen Cent mehr wetteten. Denen es nichts ausmachte, an der heißen Grenze am westlichsten Zipfel von Texas, zu verrotten.

Das alles ging dem einsamen Reiter durch den Kopf, als er von den Vorbergen der Rocky Mountains auf El Paso hinunterblickte, das am Flussbogen des Rio Grande-Tals lag. Inmitten der trockenen und kargen Chihuahuawüste, aus der regelmäßig Staub- und Sandstürme wehten. Direkt gegenüber, auf der anderen Seite des Rio Bravo, wie der Rio Grande dort genannt wurde, befand sich der mexikanische Ort Paso del Norte.

Von hier oben schien es fast so, als ob El Paso aus einer Ansammlung von Kisten bestand, wahllos von einem Riesen zusammengewürfelt. Dennoch hatte sie wenig mit den primitiven und rasch aufgebauten Siedlungen zu tun, die nach einigen Jahren wieder verfielen, weil sie an einem falschen Platz gegründet worden waren. Seit je her besaß die Grenzstadt einen besonderen Stellenwert an den südlichen Ausläufern der Rocky Mountains, den sogenannten Franklin Mountains.

Everett Waco lenkte seinen schwarzen, langbeinigen Hengst vorsichtig ins Tal hinunter. Obwohl der Ritt lange und beschwerlich gewesen war, lief das Pferd immer noch leicht und ohne Anzeichen einer Erschöpfung. Abgesehen davon, dass sein struppiges Fell vor Schweiß glänzte, war es genauso zäh wie sein Reiter.

Schon jetzt, am frühen Morgen, stand die Sonne heiß und glühend am wolkenlosen, azurblauen Himmel, brannte unbarmherzig auf Mensch und Tier herab. Die Hitze war fast unerträglich. Waco kam sich wie in einer Bratpfanne vor. Sein braun gebranntes, unrasiertes Gesicht mit dem energischen Kinn lag im Schatten eines flachkronigen Stetsons. Eine Strähne blauschwarzen Haares fiel in die glatte Stirn. Seine wachen Augen waren Grau wie Pulver. Die gerade Nase saß über einem harten, männlichen Mund. Er war kaum älter als dreißig. Seine große, drahtige Gestalt steckte in Wildlederkleidung, mit Fransen an Hemd und Hose, unter der sich feste Muskeln abzeichneten. In seinem eingefetteten Gürtelholster baumelte ein großkalibriger, sechsschüssiger Colt Single Action Army. Die hölzernen Griffschalen des Peacemakers waren vom häufigen Gebrauch abgewetzt.

Wie so oft auf diesem einsamen Ritt dachte Waco an Mabel zurück. Ein Barmädchen, mit einer Figur, die Männerträumen entsprungen schien. Blond, üppig, mit Beinen, die nicht mehr enden wollten. Er war ihr bei seinem letzten Zwischenstopp im Saloon eines kleinen Nests begegnet, dessen Namen er schon wieder vergessen hatte. Die blonde Mabel hatte kein Auge von ihm gelassen und ihm später, als sie alleine im Separee waren, einen Tanz vorgeführt, der keine Wünsche offenließ. Sie bog und verdrehte ihren schlanken Körper wie eine Wildkatze, die sich streckte. Noch immer vermeinte er, den frischen Pfirsichduft zu riechen, als sie ihre nackte Haut an ihm rieb. Sah ihr vor Lust und Begierde glühendes fein geschnittenes Gesicht vor sich, mit Augen so unergründlich und tief wie ein reißender Fluss bei Hochwasser.

Mabel konnte einem Mann wahrlich den Verstand rauben. Obwohl es auch im abgetrennten Bereich der Bar verboten war, sich mit den Gästen einzulassen, hatte sie darauf keine Rücksicht genommen, sondern ihn nach allen Regeln der Kunst verführt. Beim bloßen Gedanken daran spürte Waco ein Kribbeln in seiner Lendengegend und die Fluten des Verlangens nach dieser Frau erfüllten ihn aufs Neue. Die Träume eines einsamen Unbezähmbaren in einer noch unbezähmbaren Wildnis …

Als sein Pferd in eine Mulde auf dem steinigen und sandigen Weg stolperte, war er mit einem Ruck wieder in der Wirklichkeit. Schließlich war er froh, als er die karge Hochebene hinter sich lassen konnte und vor ihm die ersten Häuser und Schuppen von El Paso auftauchten. Er ritt in die breite Main Street hinein, erkundigte sich nach dem Mietstall und gab dort seinen Hengst ab. Für einen Dollar extra versprach der Stallbesitzer, sich besonders um das Pferd zu kümmern.

Im Del Norte-Hotel nahm sich Everett Waco ein Zimmer und ging dann zum Marshal's Office hinüber. Er trat ein, ohne anzuklopfen.

Der schlanke Mann mit dem schulterlangen, braunen Haar, der hinter dem Schreibtisch saß, schaute zu ihm hoch. An der ärmellosen Lederweste, die er über einem karierten Reithemd trug, steckte ein Blechstern. Als er den Besucher erkannte, funkelten seine hellen Augen voller Freude. Die Enden seines gezwirbelten Schnurrbarts fingen zu zittern an wie die Flügel einer Libelle.

Town Marshal Sam Doolin erhob sich augenblicklich, fiel Waco geradezu in die Arme. Die Begrüßung war überschäumend und herzlich. Seit über fünf Jahren hatten sich die Jugendfreunde nicht mehr gesehen. Vor drei Wochen erhielt Waco eine Einladung zu Doolins Hochzeit, die er allzu gerne annahm. Aus diesem Grunde war er nun hier.

Er setzte sich auf einen wackligen Stuhl Sam gegenüber, der wieder am Schreibtisch Platz genommen hatte und Gläser mit zwei Fingerbreit Whisky füllte.

»Lass uns zur Feier des Tages miteinander anstoßen!«, grinste der Marshal wie ein großer Junge. Er sah noch genauso gut aus, wie Everett ihn in Erinnerung hatte. Sie prosteten sich zu und tranken. Dann ließen sie die letzten Jahre Revue passieren, in denen sie sich nicht gesehen hatten.

»Bei diesem Wiedersehensmist kommen mir gleich die Tränen, ihr verfluchten Schwuchteln!«, tönte plötzlich eine Stimme aus dem Zellentrakt, der dem Marshal's Office angeschlossen war. Weitere unflätige Beschimpfungen folgten. Zwei Männer lachten auf. Es klang rau und hämisch.

Sams gute Laune verflog augenblicklich. Er donnerte die massive Holztür zu, die die vier Gitterzellen von seinem Büro trennte. »Das sind Jim und Felix Manning. Vor ein paar Tagen habe ich sie wegen Mordes an US-Deputy-Marshal Dallas Stoudenmire eingebuchtet.«

»Stoudenmire ist tot?«, fragte Waco ungläubig. Der legendäre Ruf des Revolvermarshals aus Alabama war weit über die Grenzen von Texas hinaus bekannt.

Sam nickte betroffen. »Als er vor knapp zwei Jahren das Amt des Town Marshals in El Paso annahm, schaffte er es tatsächlich, aus der wilden und wüsten Stadt einen weitgehend friedlichen Ort zu machen. Nur die Brüder Jim, Felix, Frank und John Manning, die hier den Coliseum Saloon besitzen, wollten sich nach wie vor nicht an Recht und Ordnung halten. Sie waren und sind die ungekrönten Könige von El Paso. Die Menschen kuschen vor ihnen. Selbst der Bürgermeister und die Stadtverwaltung wagen es nicht, gegen sie aufzubegehren. Nur Stoudenmire legte sich mit den Manning-Brüdern an, obwohl er alleine stand. Als er die Stadt für ein paar Tage verließ, um zu heiraten, erschossen Jim und Felix Manning seinen Deputy Stanley Cumming, der ein wildes Saufgelage unterbinden wollte. Er war gleichzeitig auch Stoudenmires Schwager.«

Sam machte eine kurze Pause. Als er fortfuhr, glitt ein Schatten über sein jugendliches Gesicht. »Der Rest ist schnell erzählt: Es kam zu einer Gerichtsverhandlung, bei der die Geschworenen, allesamt von den Mannings eingeschüchtert, Jim und Felix freisprachen. Anscheinend hatten sie aus Notwehr gehandelt. Als Dallas zurückkam, befürchteten die Stadtväter, dass er aus Rache für den Tod seines Schwagers El Paso in eine Privatfehde hineinziehen könnte, bei der die Brüder die Oberhand gewinnen würden. Deshalb und aus Angst vor den Mannings entließen sie ihn. Ich wurde zu seinem Nachfolger gewählt. Doch Stoudenmire schwor Rache. Wochen später kam er als US-Deputy-Marshal für den westlichen Bezirk von Texas zurück und schlug hier sein Hauptquartier auf. Wieder stellte er sich den Manning-Brüdern entgegen. Allerdings ziemlich glücklos. Hinzu kamen seine persönlichen Probleme.«

»Was meinst du damit«, fragte Waco.

»Stoudenmire ist wahrlich eine Legende, weil er zu den schnellsten Schießern gehörte, die das Land je gesehen hat. Aber er besaß auch eine weitgehend unbekannte Schattenseite: Er war Alkoholiker! Und zwar einer von der schlimmsten Sorte. Er machte es sich zur Gewohnheit, völlig betrunken und mitten in der Nacht auf der Straße herumzuballern. Zudem verprügelte er im Suff regelmäßig seine Frau, erschien wegen exzessiven Trinkens wiederholt nicht zum Dienst. Das alles schadete seinem Ruf. Es half auch nicht, dass er zur Kur in die Thermalbäder in der Nähe von Las Vegas in New Mexico kam, denn er trank nach wie vor wie ein Grizzly. Der Streit mit den Manning-Brüdern ging weiter und kostete ihm schließlich das Leben.«

»Was geschah genau?«

»Vor einer Woche lauerten Jim und Felix Manning dem total betrunkenen US-Deputy-Marshal auf offener Straße auf. Sie verwickelten ihn in eine Auseinandersetzung und ermordeten ihn kaltblütig!«

»Und wie?«

»Es gibt zwar keine Zeugen, aber Stoudenmires Verwundung spricht dafür, dass er in seinem alkoholisierten Zustand und obwohl er sich wehrte, geradewegs hingerichtet wurde! Einer der Brüder schoss ihm direkt hinter das linke Ohr, pustete seinen Schädel regelrecht weg. Vermutlich wurde Stoudenmire dabei festgehalten. Die Mannings hingegen sprechen von Notwehr. Dennoch habe ich sie wegen heimtückischen Mordes an einem US-Deputy-Marshal verhaftet. Jetzt warten sie im Jail auf ihren Prozess.«

»Was sagen der Arzt und der Leichenbeschauer?«, wollte Waco wissen.

»Sean Clearwater, der beides in einer Person ist, will sich nicht auf meine Vermutungen festlegen, obwohl das Verletzungsmuster eindeutig dafür spricht. Im Gegenteil – bei seiner Leichenschau stellte er eine falsche Diagnose.«

»Glaubst du, dass er ebenfalls von den Manning-Brüdern eingeschüchtert wurde?«

Der Marshal nickte. »Ich befürchte, dass Jim und Felix beim Prozess ihren Kopf gleichermaßen aus der Schlinge ziehen, wie schon hinsichtlich des Mordes an Deputy Cummings.« Jetzt hörte Sam seine eigene Stimme wie ein heiseres Flüstern. »Ich sage dir, diese Town ist von Grund auf verlogen! Bürgermeister Clifford Preyer, die Stadtväter und die Geschworenen sind gekauft oder werden unter Druck gesetzt. Und ich stehe genauso alleine wie einst Dallas Stoudenmire.« Fast hilflos sah Doolin seinen Freund über den Rand des Whiskyglases hinweg an.

»Und was ist mit deinen Deputies?«

»Nachdem die Mannings den großen Dallas Stoudenmire erledigten, gaben mir meine beiden Stellvertreter ihre Blechsterne wieder zurück. Es ist offensichtlich, dass sie Angst haben, sich nicht weiter mit den Brüdern anlegen wollen, die selbst ein Gunslinger wie Stoudenmire einer war, nicht bezwingen konnte. Es scheint keine ehrlichen und mutigen Männer mehr in dieser Town zu geben.«

Doolin richtete seine hellen Augen auf den Neuankömmling. »Aber einer sitzt jetzt vor mir!«

Waco verzog die Lippen zu einem unechten Lächeln. Er verstand die Lage, in der sich sein Freund befand, nur allzu gut. Kurz vor Sams Heirat lief in der Stadt, in der er von Amts wegen das Gesetz vertrat und für Ruhe und Ordnung sorgen musste, alles aus dem Ruder. Zudem stand er nicht nur alleine gegen ein Wolfsrudel, sondern auch gegen die Feigheit und Korrumpiertheit der gesamten Town. »Warum gibst du den Stern nicht einfach zurück? Du bist ein Mann, der kurz davor steht, eine eigene Familie zu gründen und nicht gleich danach auf dem Friedhof enden sollte. Jeder würde das verstehen.«

Der Schatten auf Sams Gesicht vertiefte sich, Furchen erschienen auf seiner glatten Stirn. »Du kennst mich gut genug, um zu wissen, dass ich das nicht tun werde! Als mein Dad bei einem Banküberfall erschossen wurde, weil er zufällig als Kunde am Schalter stand, schwor ich, mich gegen Unrecht zu stellen, wo immer ich es antreffe. Deshalb habe ich hier das Amt des Town Marshals angenommen. Allerdings glaubte die Bürgerversammlung, dass ich mich ebenso wie sie selbst mit den Mannings arrangieren würde. Dass dem nicht so ist, konnten sie ja nicht ahnen, sonst hätten sie mir den Stern verweigert.«

»Und den sie dir jederzeit wieder abnehmen können.«

»Genau das befürchte ich, Everett! Doch bis dahin werde ich für Recht und Ordnung sorgen. An dieser Einstellung ändert auch meine bevorstehende Hochzeit nichts.«

»Und was meint deine zukünftige Frau dazu?«

»Eve ist damit einverstanden, weil sie mich so kennen und lieben gelernt hat, wie ich bin. Einen Mann mit festen Vorsätzen kann man nicht mehr ändern.« Sam nickte, als wollte er seine eigenen Worte bestätigen. »An deinem Lederhemd würde sich ein Blechstern jedoch ziemlich gut machen!«, versuchte er es noch einmal.

Waco schüttelte den Kopf. »Tut mir leid, Sam. Ich habe nicht vor für längere Zeit in El Paso zu bleiben. Eigentlich bin ich nur wegen deiner Hochzeit hier.«

Der Town Marshal blieb einen Moment stumm, bevor er sagte: »Gewiss, ich will keineswegs meine Probleme zu deinen machen.«

»Was nicht heißen soll, dass ich dir nicht zur Seite stehe, wenn du mich brauchst, Sam! Du weißt, dass ich immer für dich da bin, auch ohne einen Blechstern.«

»Vielleicht muss ich wirklich darauf zurückkommen.«

Die beiden Freunde wechselten noch ein paar belanglose Worte, dann ging Everett Waco ins Del Norte-Hotel zurück um sich eine Weile aufs Ohr legen. Der anstrengende Ritt steckte ihm in den Knochen. Doch obwohl er müde und erschöpft war, gelang es ihm lange Zeit nicht, einzuschlafen. Albträume plagten ihn, in denen Dallas Stoudenmire mit halb weggeschossenem Schädel auftauchte, und ihn bat, Town Marshal Sam Doolin im Kampf gegen seine Mörder beizustehen.

*

Sie war jung und hübsch. Verdammt hübsch, sogar. Das musste sich der große, stämmige und glatzköpfige Mann jedes Mal von Neuem eingestehen, sobald er sie sah. Wie eine Spinne in ihrem Netz hockte er auf dem Hitchrack vor dem General Store und beobachtete die Main Street. Der Morgen war mild, die Luft trocken. Noch befand sich die Stadt im Halbschlaf.

Bei der Frau, die ihm so gefiel, handelte es sich um Angel Reno, der Tochter des Storebesitzers, die soeben geradewegs auf ihn zu kam, um ihrem Vater im Geschäft zu helfen. Die weiße Rüschenbluse spannte sich über ihren üppigen Busen und bei jedem Schritt umspielte der helle Baumwollrock, den sie dazu trug, ihre langen, schlanken Beine.

Ned McKinney kratzte sich an seinem struppigen feuerroten Vollbart, der seinem dunklen Gesicht mit den schmalen kühlen Augen einen geradezu wilden Ausdruck verlieh. Nicht umsonst nannte man ihn »Blood Beard«. Bevor er in El Paso hängen geblieben war, hatte er sich seine Dollars als blutrünstiger Kopfgeldjäger verdient, der seine Beute gnadenlos jagte.

Als die junge Reno die Stufen zum Sidewalk neben dem Querholm, hinaufstieg, auf dem er hockte, pfiff er anerkennend durch die vom Tabak gelb verfärbten Zähne.

»Schon so früh auf, Angel?«

Die Frau blieb für einen Moment stehen, unterdrückte eine bissige Entgegnung und ging stattdessen weiter. Doch erneut rief McKinney sie an.

»Du wirst immer hübscher, Sweetheart! Liegt wohl an der guten Pflege deiner vielen Liebhaber!« Der Mann brüllte auf vor Lachen, schlug sich dabei mit seinen mächtigen Pranken auf die muskulösen Oberschenkel.

Jetzt wandte sich Angel Reno ganz zu ihm um. Das erste Sonnenlicht des frühen Morgens fiel auf ihr langes, blauschwarzes Haar, das wie das Gefieder eines Raben glänzte. Die dazu im Kontrast stehenden himmelblauen Augen funkelten zornig, die vollen Lippen unter der kleinen, kecken Nase verzogen sich verächtlich.

Der glatzköpfige Mann erhob sich vom Hitchrack und starrte Angel lüstern aufs Dekolleté. Er wusste nicht, wie lange er schon keine richtige Frau mehr gehabt hatte. Freilich zählte er dazu nicht die zahlreichen Animiermädchen und Huren, mit denen er sich seine Zeit vertrieb, denn diese waren allesamt gekauft.

»Du bist und bleibst ein dreckiger Halunke mit noch schmutzigeren Gedanken, Ned McKinney!« In Angels rauchiger Stimme schwang bittere Wut mit.

Mit einem Mal war das wölfische Grinsen in Blood Beards verwittertem behaarten Gesicht verschwunden. »Pass auf, was du sagst!«, knurrte er bösartig wie ein tollwütiger

Hund. »Jeder hier weiß, dass du nicht gerade ein Kind von Traurigkeit bist!«

Bevor Angel erneut etwas darauf erwidern konnte, trat ein Mann in Lederkleidung mit einer Schachtel Munition in der Hand aus dem General Store. Mit einem schnellen Blick erkannte er, dass es Verdruss zwischen dem Mädchen und dem Grobian gab.

»Alles in Ordnung, Ma'am?«, fragte er. Doch McKinney polterte schon los: »Halt dich raus, Lederhaut!« Seine ohnehin schmalen Augen verengten sich noch mehr. In diesem Moment erinnerte er an einen Grizzly, der kurz davor stand, seine Beute zu zerfleischen.

»Entschuldigen Sie, Ma'am«, sagte der Fremde mit dem braun gebrannten Gesicht, während er ihr die Munitionsschachtel überreichte. Dann trat er den morschen Brettergehsteig hinunter und stellte sich vor den Glatzkopf. Die beiden Männer waren etwa gleich groß, allerdings wog McKinney bestimmt zwanzig Pfund mehr als sein Gegenüber.

»Hast du nichts anderes zu tun, als Ladys zu belästigen?« Der Blick des Fremden war hart und unnachgiebig, seine Stimme kalt und klar.

Blood Beard glaubte, seinen Ohren nicht zu trauen, schnaufte wie ein Büffel, während der Groll immer weiter seine Kehle hochstieg. »Was erlaubst du dir! Weißt du eigentlich, wer ich bin?«

»Das ist mir völlig egal! Du besitzt keine Manieren und solltest dich deshalb bei der Lady entschuldigen!«

McKinney war regelrecht baff. Noch niemand hatte es gewagt, so mit ihm zu reden. »Ich werde dir gleich …«

»Gibt's Ärger, Ned?« Diese Frage stellte ein kleiner, drahtiger Mann mit angegrautem Haar, der langsam über die Main Street auf die drei Streithähne zuschritt. Tief an seiner Hüfte baumelte genauso wie bei Blood Bart ein großkalibriger Revolver im Holster. »Doch nicht etwa mit dem

Galgenvogel in den Lederklamotten, der aussieht wie eine verdammte Rothaut?«

Ned McKinney grinste sauer, wollte etwas darauf erwidern, allerdings kam ihm der Fremde zuvor. »Komm nur her, dann kann ich euch beiden eine Lektion in höflichen Umgangsformen erteilen!«

Jetzt sah es Angel Reno an der Zeit, sich zwischen die Männer zu stellen. Ihr hübsches Gesicht war hektisch gerötet. »Lasst es gut sein, McKinney und Cliner«, sagte sie, wobei sich ihr beachtlicher Busen vor Aufregung hob und senkte. Und an den Fremden gewandt: »Ich möchte nicht, dass Sie wegen mir Schwierigkeiten bekommen, Mister …«

»Everett Waco. Ohne das Mister!«

»Und ich bin Angel Reno …«

»Ich glaube es nicht! Ihr hört euch schon an, wie zwei verfluchte Turteltäubchen!«, schnaubte Blood Bart, während er Angel mit der Linken barsch zur Seite schubste und mit der Rechten einen mächtigen Schwinger auf Waco losließ. Doch dieser sah ihn früh kommen, duckte sich weg und konterte mit einer Geraden, die McKinney die Luft aus den Lungen trieb. Gleichzeitig fuhr er zu Cliner herum, der seitlich auf ihn zustürzte, und bohrte ihm seine Faust in die Magenpartie. Keuchend ging der Kleine in die Knie.

Waco blieb keine Atempause. Wie ein wilder Büffel und mit blinder Entschlossenheit stürmte Blood Beard heran, den kahlen Kopf zwischen die breiten Schultern gezogen. Seine Rechte radierte über Wacos Kopfhaare, der es nicht rechtzeitig schaffte, sich aus seiner Reichweite zu nehmen. Der stechende Schmerz jagte ihm Tränen in die Augen, nur mühsam hielt er sich auf den Beinen.

Cline, der sich von dem Hieb in den Magen erholt hatte, wollte ihm jetzt den Rest geben, doch Waco gelang es, ihm auszuweichen. Dafür traf ihn erneut McKinney. Dieses Mal auf die linke Rippe und wieder zuckte heiße Glut in ihm hoch, bis hin zum Schulterblatt. Gerade so konnte er unter einem weiteren Dampfhammer des Glatzkopfes hinweg tauchen und ihm einen mächtigen Aufwärtshaken verpassen, in den er sein ganzes Gewicht legte. Dabei erwischte er seinen Gegner direkt unter dem Kinn. Das war selbst für McKinney zu viel. Ächzend verdrehte er die Augen, bis nur noch das Weiße der Pupillen zu sehen war. Wie ein nasser Sack fiel er in den Staub und regte sich nicht mehr.

»Und nun zu dir!«, keuchte Waco, während er mit dem Oberkörper pendelnd um den zweiten Gegner herumtänzelte, auch wenn er längst seine herkömmliche Leichtfüßigkeit eingebüßt hatte.

Cliner löste den Blick von dem bewusstlosen Blood Beard, leckte sich nervös mit der Zungenspitze über die spröden Lippen. Er war verunsichert, weil er dem Fremden nun alleine gegenüberstand. Aber aufgeben wollte er nicht, denn zwischenzeitlich hatten sich Zuschauer auf der Main Street eingefunden, die den Faustkampf interessiert verfolgten.

Waco ließ seinem Gegner keine Zeit. Seine Rechte flog mehrmals auf ihn zu. Die ersten Schläge konnte Cliner abwehren, doch dann trafen sie ihn wie Peitschenhiebe nacheinander auf Brust und Rippen. Der kleine Drahtige wankte, allerdings war sein Widerstand noch nicht gebrochen. Plötzlich zog er ein schweres Bowie-Messer aus der Gürtelscheide an seinem Rücken. Die lange Stahlklinge reflektierte das frühe Sonnenlicht.

Ein Raunen fuhr durch die Menschenmenge. Angel schrie auf.

»Ich schlitze dich auf, du verdammter Bastard!«, keuchte Cliner, der sich wieder gefangen hatte. Die beiden Männer gingen umeinander herum, belauerten sich, warteten auf eine günstige Gelegenheit zum Angriff.

Trotz der zusätzlichen Bedrohung mit dem Messer ließ Waco seinen Peacemaker im Holster. Er wollte nicht, dass dieser Streit in einem Blutbad endete.

»Na komm schon, Lederhaut! Hat's dir die Sprache verschlagen?« Cliners langes, hageres Gesicht, das ihm das Aussehen eines grimmigen Gauls verlieh, glänzte vor

Schweiß. Unvermittelt stieß er mit seiner Messerhand zu, erwischte Waco beinahe an der Seite. Dieser wich mit einem schnellen Seitwärtsschritt gerade noch aus und konterte mit einem wuchtigen Hieb. Seine Handknöchel krachten in Cliners rechte Gesichtshälfte, schleuderten ihn neben dem besinnungslosen McKinney zu Boden. In hohem Bogen flog das Bowie-Messer durch die Luft, landete unerreichbar für ihn im Staub.

Allerdings war Cliner noch nicht am Ende. Im Liegen zuckte seine Linke zum Revolver. Doch Waco schlug ihn um Längen.

»Lass es sein, sonst wirst du gleich den Teufel grüßen!«, knurrte der Fremde, während er seinen Gegner in die Mündung des Peacemakers starren ließ. Niemand zweifelte daran, dass er seine Drohung ernst machen würde.

»Schon gut, schon gut«, keuchte Cliner mit einem schnellen Blick in die Runde. »Dieses Mal hast du mich besiegt. Aber wenn du in dieser Stadt bleibst, dann werde ich dich töten!« Schwer atmend erhob er sich, zerrte mithilfe zweier Schaulustiger den noch immer besinnungslosen McKinney in die Höhe. Gemeinsam schleppten sie ihn fort. Auch die Zuschauer zerstreuten sich gleich darauf.

Mit dem Handrücken wischte sich Waco das Blut von der Stirn, dort wo McKinneys Schwinger die dünne Haut aufgerissen hatte.

Jetzt erst öffnete sich die Tür des General Stores. Ein hagerer Mann um die sechzig, mit Haar, wie schmutzige Baumwolle erschien auf der Schwelle. Aus seinem maskenhaft starren Gesicht blickten dieselben himmelblauen Augen, wie die junge Frau. Nur ohne Glanz und Leben. Es war offensichtlich, dass er gewartet hatte, bis der Streit vor seiner Tür beendet war.

»Alles in Ordnung, Dad. Du kannst wieder reingehen«, sagte Angel zu ihm. Daraufhin zog sich der Alte wortlos zurück.

»Das war mein Vater Hank«, erklärte Angel, trat auf Waco zu und betupfte mit einem Taschentuch seine Schürfwunde. »Er ist nicht sehr mutig, so wie die meisten hier«, versuchte sie sein Verhalten zu rechtfertigen. »Umso mehr bin ich dir dankbar, Everett. Aber jetzt hast du wegen mir die ganze Manning-Bande auf dem Hals! Ned McKinney und Butch Cliner gehören zu ihren Schlägern.«

»Das ist mir völlig gleich«, entgegnete Waco, während er Angel mit seinen pulvergrauen Augen fest ansah.

»Die Mannings werden dich nicht in Ruhe lassen, solange du in dieser Stadt bist.«

Kurz dachte Waco an Sam Doolin und an das, was er ihm erzählt hatte. »Vielleicht ist es nun an der Zeit, dass sich hier in El Paso die Machtverhältnisse ändern!«

*

Am Abend desselben Tages war Waco bei seinem Freund Sam und seiner zukünftigen Frau Eve in ihrem einfachen Haus eingeladen, das unweit des Gerichtsgebäudes von El Paso lag.

Eve Ambler war attraktiv, mit wallendem kirschroten Haar und zierlicher Figur. Sie schien das kleine Mädchen geblieben zu sein, das zunächst ein Vater und dann ein Ehemann beschützen musste. Aus ihrem blassen Gesicht funkelten sanfte, jadegrünen Augen, die Güte und Herzlichkeit versprachen.

Zu Wacos großer Überraschung war auch Angel anwesend. Wie sich herausstellte, war sie Eves beste Freundin. So verwunderte es nicht, dass bei Tisch das Eingreifen Wacos gegen Ned McKinney und Butch Cliner das Hauptthema war. Ebenso wie der Prozess gegen Felix und Jim Manning, der am nächsten Tag anstand.

Nach dem köstlichen Abendessen und dem anschließenden gemütlichen Zusammensitzen bei Kerzenschein verabschiedete sich Waco wieder. Angel, die ihm die ganze Zeit über schmachtende Seitenblicke zugeworfen hatte und einmal sogar an seiner Hand berührte, schloss sich ihm an. Nicht ohne ihrer Freundin Eve lächelnd zuzuzwinkern.

»Ich kann dich unmöglich in deiner ersten Nacht in El Paso alleine lassen«, machte Angel klar, die Waco zum Del Norte-Hotel hinüber begleitete.

»Das würde ich dir auch ziemlich verübeln«, erwiderte der Fremde grinsend, als sie auf sein Zimmer gingen.

»Ich bin eigentlich nicht so eine«, meinte sie.

»Was für eine?«, flachste Waco.

»Du weißt schon, so ein Flittchen, das ein Mann in jeder Bar kriegen kann.«

»Das habe ich mit keinem Gedanken vermutet.«

»Es ist nur so, dass ich lange niemanden mehr hatte, mit dem ich zärtlich sein konnte. Auf die eine oder andere Art, wenn du verstehst …«

Angels schwarzes Haar bewegte sich sanft im warmen Luftzug, der durch das geöffnete Fenster hereinwehte. Es war inzwischen weit nach Mitternacht. Sie trat auf Waco zu.

»Ich verstehe genau, was du meinst. Wir sind beide in unseren Seelen einsam. Und das kann sich für eine kurze Zeit ändern. Das ist gewiss nichts Verwerfliches.«

Waco war fasziniert von der himmelblauen Farbe von Angels Augen, die ihn etwas unsicher musterten und in denen sich ihr scheues Lächeln spiegelte. Er fühlte Erregung in sich hochsteigen, die wie eine Feder über seine Lenden strich.

»Ein Mädchen in diesem Kaff muss die Gelegenheit ergreifen, wenn sie auf einen Mann trifft, mit dem sie seelenverwandt ist. Und der sie anzieht wie eine Motte das Licht. Schon seit dem Moment an, als du mich so ritterlich vor den beiden Halunken gerettet hast.«

Mit aufreizender Langsamkeit knöpfte die junge Frau ihre hochgeschlossene Bluse auf. Gleich darauf stand sie da, völlig nackt im silbernen Licht des Mondes, der wie ein Vlies über ihren herrlich gewachsenen Körper fiel. Die hoch angesetzten üppigen Brüste mit den dunklen harten Knospen hoben und senkten sich bei jedem Atemzug. Ihre schmale Taille und der flache Bauch liefen in langen Beinen mit wohlgeformten Fesseln aus.

Waco spürte ihre Nähe, roch den Moschusduft ihres Haares und ihrer Haut und begann sich nun seinerseits auszuziehen. Dann nahm er sie in seine starken Arme. Sofort sprang ihre Wärme auf ihn über ...

Für eine halbe Ewigkeit, wie es schien, vergaßen sie alle Probleme der Welt. Schließlich ließen sie schwer atmend und schweißnass voneinander ab. Eng kuschelte sich die junge Frau an Waco, als suchte sie seine Nähe und seinen Schutz. Ihr rabenschwarzes, verschwitztes Haar breitete sich wild über das Kissen aus, verstärkte den betörenden Duft des vergangenen Liebesaktes.

Das erste Mal, seit langer Zeit, fühlte sich Angel wieder richtig glücklich und geborgen. Und irgendwie vertraut mit diesem harten Kerl, den sie eigentlich gar nicht kannte.

*

Richter Tim Bean war ein untersetzter, beleibter Mann mit dünnem Haarkranz und einem dichten, weißen Bart. Auf seiner fleischigen Nase saß ein Kneifer, der ihm einen fast vornehmen Ausdruck verlieh. Er trug einen schwarzen, gut sitzenden Anzug mit dunkler Schnürsenkelkrawatte, wie ein Viehzüchter aus den Südstaaten. Vor ihm aufgeschlagen auf dem Richtertisch lag das Gesetzbuch, dessen Schafsledereinband schon ziemlich abgegriffen war.

Bean musterte die angespannten Gesichter der zwölf Geschworenen, die soeben aus ihrer Beratung zur Seitentür des Gerichtssaales hereinkamen. Bis auf den Sprecher der Jury nahmen alle auf der Geschworenenbank Platz. Es waren ausnahmslos Laien, die jedoch die bestimmende Rolle bei der Urteilsfindung spielten. Der Vorsitzende Richter leitete lediglich die Verhandlung und setzte das Strafmaß fest. Auf den Schuldspruch hatte er allerdings keinen Einfluss.

25

»Der Sprecher der Geschworenen ist Hank Reno, Angels Vater«, raunte Sam Doolin Waco zu, der neben ihm an der Tür des voll besetzten Gerichtssaales stand.

»Ich bin ihm bereits begegnet«, gab Waco knapp zurück.

Die Verhandlung war eine Farce gewesen. Unbegreiflich, dass sich die lokale Justiz für so ein Theater hergab! Das bestätigte jedoch, dass der Richter und die Geschworenen unter dem Einfluss der Mannings standen. Entweder wurden sie erpresst, bedroht oder bezahlt. Eine andere Erklärung gab es wohl nicht.

In vorderster Reihe saßen die Angeklagten Jim und Felix Manning neben ihrem Verteidiger. Hinter ihnen ihre Brüder John und Frank sowie Ned McKinney und Butch Cline. Genauso wie ein weiteres Dutzend Männer ihrer Mannschaft.

Als Hank Renos Blick auf die beiden Beschuldigten fiel, sah er für einen Moment aus, als müsste er nach Luft schnappen. Dann wandte er sich dem Richter zu.

»Hohes Gericht, Euer Ehren«, begann er mit zitterndem Tonfall. Es hörte sich an wie ein heiseres Flüstern.

»Bitte sprechen Sie etwas lauter!«, forderte Tim Bean ihn gereizt auf, erntete dafür gefälliges Nicken der anwesenden Zuschauer und Beisitzer. Im Gegensatz zu Hank Reno war seine Stimme hell und durchdringend.

Der hagere Jury-Sprecher holte tief Luft, dann fuhr er fort. »Wir, die Geschworenen von El Paso sind einstimmig zu der Überzeugung gelangt, dass die Angeklagten Jim und Felix Manning in der Nacht des 18. September 1882 US-Deputy-Marshal Dallas Stoudenmire nicht vorsätzlich erschossen, sondern in Notwehr gehandelt haben! Diesen Tathergang bestätigt auch die Untersuchung des Arztes und Leichenbeschauers Sean Clearwater.«

Nach dieser Verkündigung ging ein Raunen durch den Saal. Hank Reno setzte sich, starrte zu Boden, ohne noch einmal den Blick zu heben. Fast gar so, als schämte er sich für die Entscheidung der Jury.

Sam Doolin stand die Enttäuschung ins Gesicht geschrieben, obwohl er nichts anderes erwartet hatte. »Diese gekauften Mistkerle!«, stieß er entrüstet zwischen seinen Zähnen hervor.

Waco stimmte ihm zu. Nach allem, was sein Freund ihm über die Tatnacht berichtet hatte, war die Geschworenenentscheidung nicht mehr als ein schlechter Witz.

Der Richter wartete einen Moment, bis sich die Aufregung gelegt hatte und sagte dann mit strengem und unmissverständlichem Tonfall: »Hiermit erlässt das Hohe Gericht folgendes Urteil: Jim und Felix Manning sind unschuldig! Deshalb spreche ich sie von der Anklage des vorsätzlichen Mordes an US-Deputy-Marshal Dallas Stoudenmire frei!« Um seine Worte zu bekräftigen, hieb Bean dreimal laut hintereinander mit dem Holzhammer auf die fleckige Platte des Richtertischs.

Jim und Felix Manning erhoben sich, schlugen sich gegenseitig auf die Schultern, grinsten dabei wie Wölfe, die einer Falle entgangen waren. Von Felix Handverletzung, die er beim Revolverkampf mit Stoudenmire davongetragen hatte, war nichts mehr zu sehen.

Nun kamen auch die anderen Brüder heran und gratulierten. John war von kleinem Wuchs, genauso wie Felix blond und hager. Frank hingegen überragte alle um fast eine Haupteslänge, kam vom stämmigen Körperbau und dem dunklen Haar nach dem älteren Jim.

Langsam leerte sich der Saal. Der Richter, die Gerichtsdiener, der Ankläger, der Verteidiger und die Geschworenen verschwanden durch die Hintertür. Zurück blieben nur noch die Mannings und ihre Sympathisanten. Als sie schließlich das Gerichtsgebäude verließen, gingen sie triumphierend an Doolin und Waco vorbei. Der kleine John Manning war der Letzte der Brüder. Hinter ihm kamen Blood Beard und Butch Cliner, die den Freunden nur böse Blicke zuwarfen, sich jedoch verkniffen etwas Provozierendes zu sagen.

John hingegen konnte sich den Spott nicht verkneifen. »Na, Jungs, habt ihr gesehen, wie gut das Gesetz in El Paso funktioniert!«, wandte er sich an den Town Marshal und seinen Freund. Als er seine Mundwinkel höhnisch nach oben zog, entblößte er zwei gelbe Schneidezähne. »Kein Manning wird jemals in einem Jail verrotten, ganz egal, was er getan hat!« Sein Kichern steigerte sich zu einem wilden Lachen.

»Verzieh dich!«, schnaubte Waco wütend.

Der hagere Blondschopf verstummte, musterte den Fremden kalt. »Was hast du gerade gesagt?«

»Du sollst aus meinem Sichtfeld verschwinden!«

»Willst du mit mir Streit anfangen? Meine Brüder sind soeben von einer unabhängigen Jury freigesprochen worden ...«

»Spar dir diesen Schwachsinn!«, gab Waco hart zurück. Kein Muskel regte sich in seinem braun gebrannten, unrasierten Gesicht.

»Die verdammte Lederhaut will ein paar aufs Maul!«, rief John Manning seinen Brüdern zu. Sie waren nun wie McKinney und Cliner stehen geblieben und wandten sich um.

»Mir macht es nicht das Geringste aus, dich vor dem Gerichtsgebäude zusammenzustutzen. Und dabei ist es mir völlig, egal ob du ein Manning bist oder nicht. Begreift das dein verdammtes Spatzenhirn?«

John erstarrte. Noch nie hatte jemand so wenig Respekt vor der ungebrochenen Autorität der Mannings gezeigt. »Du reißt dein verfluchtes Maul ziemlich weit auf, Lederhaut ...«

Wacos Rechte schnellte vor und packte den Blondschopf am Hemdkragen. »Wenn du mich noch einmal so nennst, dann hast du keine Zähne mehr, Manning!« Angewidert stieß er John von sich.

Inzwischen waren die anderen herangekommen und bauten sich drohend vor Sam und Waco auf.

Der Town Marshal sah die Männer der Reihe nach an. »Macht keinen Ärger!«

»Du hast Glück, Leder ... Waco, dass wir heute gut gelaunt sind«, meinte der große, stämmige Jim, als hätte er den Sternträger gar nicht gehört. »Sonst würden wir dich hier und jetzt gleich auseinandernehmen.«

»Geh mit deinen Brüdern den gekauften Sieg feiern, bevor du weiter Drohungen aussprichst, die du nicht halten kannst!« Everett Waco war gespannt wie eine Banjosaite, machte den Eindruck einer gezündeten Dynamitstange, die jeden Moment explodieren konnte.

»Wir sehen uns wieder!«, wetterte Jim.

»Ich warte darauf, Manning!«

Nur widerwillig wandte sich das böse Rudel von den beiden Freunden ab und ging zum Coliseum Saloon hinüber. Offensichtlich wollten die Mannings es vor dem Gerichtsgebäude nicht auf eine Auseinandersetzung ankommen lassen, in dem zwei von ihnen soeben von einem Mord freigesprochen worden waren.

Waco atmete tief durch, die Anspannung fiel von ihm ab wie eine zweite Haut. »Den selbst ernannten und selbstgerechten Herren dieser Stadt muss wahrlich aufgezeigt werden, dass sie sich nicht alles erlauben können.«

»Du hast recht«, meinte Sam Doolin. »Und den Geschworenen, diesem korrupten Gesindel, ebenso!« Seine hellen Augen hatten sich verdüstert. »Nur weil sie käuflich sind, kommen die Bastarde sogar mit einem feigen Mord an einem US-Marshal davon.«

Waco sah seinen Freund fest an, der alleine gegen die Mannings wahrlich auf verlorenem Posten stand. »Diese Town stinkt vor Korruption, Feigheit und Angst. Das kann einen Mann mit Gerechtigkeitssinn nur anwidern.«

»Was willst du damit sagen?«, fragte Sam mit ahnungsvoller Neugier.

»Gib mir den Deputy-Stern!«, antwortete Waco. »Dann räumen wir gemeinsam mit den Manning-Brüdern auf!«

Im Coliseum Saloon war die Hölle los. Seit Jim und Felix am Nachmittag von der Jury freigesprochen worden waren, wurde hier gefeiert und gezecht, was das Zeug hielt.

Der Lärm war ohrenbetäubend. Das Gejohle der Männer und das Kreischen der Animiermädchen übertönte sogar die Klaviermusik, obwohl der Pianist wie besessen in die Tasten haute. Stiefel trampelten auf den Scherben zerbrochener Gläser herum. In dicken Schwaden zog Tabakrauch durch den Schankraum, brachte die Augen zum Tränen. Es roch nach Alkohol, Zigaretten, dem Parfüm von leichten Mädchen und dem Schweiß verschwitzter Cowboys.

Schon längst kamen der Barkeeper und sein Gehilfe mit dem Ausschank nicht mehr nach. Die beiden aufgebockten Bierholzfässer mussten jede halbe Stunde gegen volle aus dem Schuppen nebenan ausgetauscht werden. Die Feiernden drängten sich am Tresen, lachten und umarmten sich oder unterhielten sich laut miteinander, um gegen den Höllenlärm anzukommen.

Mittendrin die Manning-Brüder. Wieder hatten es zwei von ihnen geschafft, dem Galgen zu entgehen. Selbst wenn die Geschworenen-Entscheidung unter Druck zustande gekommen war, spielte das für sie keine Rolle. Schließlich waren sie die uneingeschränkten Herren dieser Stadt, die ihre Macht mit Gewalt, Erpressung und Geld ausübten. Seit ihre Eltern vor einem Jahr bei einem Postkutschenunglück starben, herrschten sie zudem über die riesige Familienranch außerhalb El Pasos. Niemand konnte ihnen ihren Platz streitig machen! Der Einzige, der noch im Weg stand, war der Town Marshal. Doch Sam Doolin würden sie bald abservieren, das war so sicher, wie das Amen in der Kirche!

Nur kurz dachte Jim Manning an Everett Waco. Gleich darauf verwarf er den Gedanken an den Fremden wieder. Sollte der Hundesohn nicht die Stadt verlassen, dann würden sie in sich ebenfalls vorknöpfen!

Mit seinen annähernd fünfzig Lenzen war Jim der Älteste des Familienclans, deshalb hatte er selbstredend auch die Führungsrolle übernommen. Zudem kam seine körperliche Konstitution, die alleine schon Respekt einflößend war. Nur Frank war noch größer als er, hatte aber weitaus weniger Grips. Die anderen Brüder hörten auf ihn, wenn auch nicht immer ohne Murren.

Jim Mannings Blick fiel auf ein zierliches Animiermädchen, das auf dem Schoß eines Cowboys saß. Die üppige Blonde mit der Wespentaille hieß Sarah Tracey, kam aus Missouri und arbeitete erst seit ein paar Tagen im Coliseum. Er nahm sich vor, mit der Kleinen demnächst in einem der Zimmer zu verschwinden. Nur heute nicht, denn nach all der Aufregung und dem Feiern war er einfach zu müde dafür.

Inzwischen war es weit nach Mitternacht. Jim und seine Brüder verließen den Saloon, um zu ihrer Ranch zu reiten, die nur wenige Meilen außerhalb von El Paso lag.

Ned McKinney, der neben Butch Cliner am Tresen stand und einen Whiskey nach dem anderen in sich hineinschüttete, konnte seinen Blick nicht von Sarah lassen. Das Mädchen, kaum älter als zwanzig, ging von einem zum nächsten, unterhielt sich kurz, zwinkerte mit den langen Wimpern, die wie seidene Vorhänge vor die rehbraunen Augen fielen, und kassierte Trinkgeld. Sie machte ihren Job wirklich gut, das musste er ihr lassen.

»Die Kleine ist verdammt heiß, nicht wahr, Blood Beard?« Cliner leckte sich die schmalen Lippen. Genauso wie der viel größere und massigere Mann neben ihm starrte er auf das ausladende Dekolleté der Blonden. »Bei ihr würde ich gern mal an den Honigtopf.« Cliner griente und entblößte zwei Reihen fauler Zahnstummel.

»Bevor du deine dreckigen Pfoten an sie legst, gehört sie mir, verstanden!« Das war keine Frage von McKinney, sondern eine Feststellung.

»Kein Problem, Blood Beard. Ich hab ohnehin keinen einzigen Dollar mehr«, erwiderte Butch Cliner kleinlaut. »Willst du mir nicht noch einen Drink ausgeben ...«

McKinney hörte nicht hin, sondern stieß sich vom Tresen ab und torkelte auf Sarah zu, die es sich gerade auf dem nächsten Schoß bequem gemacht hatte. Der Cowboy war keiner der Manning-Mannschaft. Er musste zu jenen gehören, die nach einem anstrengenden Viehtrieb durch Texas ein paar Stunden Zerstreuung in einem Saloon wie diesem suchten.

»Verzieh dich!«, zischte Blood Beard dem jungen, gutaussehenden Mann mit dem glatt rasierten Gesicht zu, auf dem sich das Mädchen rekelte.

»Was hast du gegen den netten Jeff ...«, fing es an.

»Du hältst dein Maul!« Grob zog McKinney Sarah von dem Cowboy herunter, der sich gleich darauf in die Höhe schraubte. Im Gegensatz zu seinem Gegenüber war er kein bisschen betrunken, denn er war erst vor Kurzem in das Etablissement gekommen.

»Ich mag es nicht, wenn man so mit Frauen umgeht!«, sagte er ruhig und doch so laut über den Lärm hinweg, dass Blood Beard ihn genau verstehen konnte. Er war nicht ganz so groß wie der Glatzkopf mit dem wilden, struppigen Vollbart aber annähernd so breit. Auf seiner Miene lag ein Ausdruck jugendlicher Unbeherrschtheit und Trotz blitzte in den klaren Augen.

»Willst du dich etwa mit mir anlegen, Junge?« McKinneys Stimme klang lauernd.

Jeff warf einen schnellen Blick auf Sarah, die in einer Ecke neben dem Tresen stand. Mit einem stummen Kopfschütteln deutete sie dem hitzigen Cowboy an, den Streit nicht weiter eskalieren zu lassen. Doch der Junge dachte nicht daran, sondern wollte sich beweisen. Genauso wie auf der Weide zeigen, dass er ein richtiger Kerl war.

»Ich prügle mich nicht mit Betrunkenen!«, presste er zwischen den schön geschwungenen Lippen hervor.

Blood Beard glaubte, seinen Ohren nicht zu trauen. Als er nun auch noch das hämische Lachen Butch Cliners hinter sich vernahm, da drehte er durch!

Wie ein wild gewordener Grizzly warf er sich auf den Cowboy, packte ihn mit seinen mächtigen Pranken und stieß ihn mit aller Kraft von sich. Rücklings krachte Jeff auf eine Tischplatte. Gläser zerbarsten unter seinem Gewicht. Die Männer, die um ihn herumsaßen, schnellten in die Höhe, hielten sich jedoch zurück.

Mühsam rappelte sich der Junge auf, doch McKinney war schon wieder heran, ließ ihm nicht einmal Zeit für einen Atemzug. Seine Rechte kam wie ein Dampfhammer geflogen, traf den Cowboy frontal auf den Mund und schlug ihm sämtliche Schneidezähne aus.

»Das ist für den Betrunkenen!«, schrie Blood Bart wie von Sinnen, während er weiter auf den Wehrlosen eindrosch. Als Sarah sich von hinten an ihn klammerte, schüttelte er sie ab wie eine lästige Fliege.

Diese Ablenkung reichte jedoch aus, damit sich Jeff aus dem eisernen Griff seines Gegners winden konnte. Schwer atmend und mit blutigem Mund stand er da. Seine Linke wollte zum Kolben seines Colts zucken, doch Butch Cliner zog ihm von hinten schon vorher die Kanone aus dem Holster.

»Keine Schießerei, Kleiner!«, zischte er dabei.

Da war Blood Beard wieder heran, schnaufte wie ein gereizter Stier in der Arena. Allerdings sauste dieses Mal seine Rechte ins Leere, weil sich der Junge blitzschnell weggeduckte und zum Gegenangriff ausholte. Seine Fäuste prallten jedoch wirkungslos auf die Deckung McKinneys, der dem Cowboy zudem einen mächtigen Fußtritt in die Weichteile verpasste.

Mit einem Ächzen ging Jeff in die Knie, konnte den Schlägen des Mannes über sich, die wie ein Gewitterhagel auf ihn niederprasselten, nichts mehr entgegensetzen. Er stürzte zu Boden, während Blood Beard weiter wie entfesselt auf ihn einschlug. Speichel flockte aus seinen Mundwinkeln, die dunklen Augen glühten wie Kohlen. Erst als sich der Junge nicht mehr rührte und Butch Cliner herüberkam und ihm beschwichtigend die Hand auf die Schulter legte, hielt der Glatzkopf inne. Mit dem struppigen Vollbart und dem geröteten Gesicht sah er geradezu furchterregend aus.

»Werft dieses Stück Dreck raus!«, befahl McKinney keuchend. Daraufhin packten Cliner und ein weiterer Mann den stöhnenden Cowboy unter den Armen, schleiften ihn zur Pendeltür hinaus und warfen ihn vom Brettergehsteig hinunter in den Staub der nächtlichen Straße. Sarah wollte hinterher, aber Blood Beard hielt sie fest, bevor sie den Saloon verlassen konnte.

»Jetzt bin ich in Stimmung gekommen, meine Schöne!«, grollte er mit einer Whiskyfahne, die dem Barmädchen beinahe den Atem verschlug. »Wir werden nun zusammen nach oben gehen und ein bisschen Spaß haben!«

Sarah schüttelte wild den Kopf. Das blonde Haar hing ihr wirr ins Gesicht. »Du hast den Jungen halb totgeschlagen …«

»Er hat mich beleidigt, verdammt noch mal!«

»Das ist kein Grund …«

»Glaubst du, ich diskutiere mit dir herum?« Barsch packte McKinney das Barmädchen am Arm und zog es gegen seinen Willen mit sich die Treppe hoch. Niemand scherte sich darum, denn im allgemeinen Trubel ging diese Szene fast gänzlich unter. Bis auf Butch Cliner, der am Tresen stand. Sein Blick folgte der hübschen jungen Frau und er wünschte sich, an Blood Beards Stelle zu sein.

Plötzlich riss sich Sarah von ihrem Peiniger los und rannte die Stufen wieder hinunter. McKinney fluchte laut in seinem Suff.

»Schafft mir diese Schlampe her!«, brüllte er über den Lärm hinweg. Sogar der Pianist hörte auf zu spielen. Fast augenblicklich verstummte die Geräuschkulisse. Die

Anwesenden starrten auf den vollbärtigen Glatzkopf mit der Furcht einflößenden Fratze.

Butch Cliner war der Erste, der reagierte. Als Sarah an ihm vorbei Richtung Tür rannte, stellte er sich ihr in den Weg.

»Nicht so schnell mein Täubchen«, sagte er, blickte sie dabei lüstern von oben bis unten an. »Willst du etwa die Verabredung mit meinem Freund sausen lassen?«

Das Barmädchen wollte sich an dem kleinen, drahtigen Mann vorbeidrücken. Doch Cliner packte sie an den zierlichen Schultern, wobei er absichtlich ihre Brust streifte. Ein Grunzen drang über seine Lippen.

Dieser widerliche Laut verlieh Sarah ungeahnte Kräfte. Ihr Knie landete im Schritt ihres Gegenübers. Vor Schmerz und Überraschung ließ Cliner sie los, knickte ein, hielt sich nur mühsam auf den Beinen.

Allerdings kam sie nicht weit, wurde plötzlich rabiat herumgerissen und starrte unvermittelt in Blood Beards kalte Augen.

»Wenn du dich noch einmal wehrst, dann werde ich dich umlegen!«, stieß er hart zwischen den Zähnen hervor.

Sarah rieselte ein eisiger Schauer über den Rücken. Ihr Widerstand war gebrochen. Wie ein Lamm, das zur Schlachtbank geführt wurde, folgte sie McKinney die Treppe zu einem der Stundenzimmer hinauf.

*

Nachdenklich blickte Waco zum geöffneten Fenster seines Hotelzimmers hinaus. Die volle Scheibe des Mondes stand am Firmament, schüttete sein silbernes Licht über El Paso aus. Zwischen seinen Fingern hielt er einen sechseckigen Stern, auf dem die Worte Deputy Marshal eingestanzt waren.

Er bereute seine Entscheidung keineswegs, den Stern genommen zu haben, um Sam gegen die Manning-Bande zu helfen. Denn die Machtverhältnisse in der Stadt konnten so nicht bleiben. Allerdings machte er sich Sorgen um die Zukunft seines Freundes und dessen Verlobter. Der korrumpierte Stadtrat würde Sam bald wieder aus dem Amt wählen. Zudem hatte Waco die Befürchtung, dass es dabei nicht blieb, sondern die Mannings ihren letzten Widersacher ganz aus dem Weg räumen wollten. Soweit durfte es jedoch um keinen Preis kommen!

Plötzlich klopfte es zaghaft an der Tür. Wer konnte das zu dieser fortgeschrittenen Stunde noch sein? Jemand, der ihm Böses wollte, würde sich so bestimmt nicht bemerkbar machen, außer es wäre eine Falle!

Aus reiner Vorsicht nahm Waco den Peacemaker aus dem Holster und huschte zur Tür. Als er sie einen Spalt breit öffnete, sah er zu seiner Überraschung Angel Reno vor sich. Ihr langes, schwarzes Haar war zerzaust. In ihren Augen stand ein gehetzter Ausdruck.

Wortlos ließ der Fremde sie an sich vorbei und drückte die Tür hinter zu.

»Was ist los, Angel?«, fragte er besorgt, nachdem sie sich aufs Bett gesetzt hatte. Er nahm ihr gegenüber auf dem einzigen Stuhl im Raum Platz.

»Entschuldige, dass ich zu dieser Stunde einfach so bei dir aufkreuze, aber es geht um meinen Vater!«

Waco dachte kurz an den hageren Alten, der am Nachmittag im Gerichtssaal die Geschworenenentscheidung verkündet hatte. »Was ist mit ihm?«

»Wie ich dir bereits gesagt habe, war mein Dad noch nie besonders mutig. Schon als es vor unserem Store Verdruss mit den Manning Schergen gab, wagte er sich erst heraus, als es vorüber war. Widerstand ist ihm zuwider.«

»Es gibt eben Männer, die sind als Kämpfer geboren und andere, die …«

»Dad ist kein Feigling!«

»Das habe ich auch nicht zum Ausdruck bringen wollen. Manchmal ist es für Leib und Leben verdammt klug, sich aus allen Scherereien herauszuhalten.«

Angel schwieg kurz, bevor sie fortfuhr. »Dad macht sich Gewissensbisse, weil er wie die anderen elf Geschworenen eine Entscheidung fällte, hinter der er eigentlich nicht steht«, brachte sie es nun auf den Punkt. »Ihm ist bewusst, dass Jim und Felix Manning den US-Marshal feige ermordet haben. Aber aus Angst vor den Mannings plädierten alle auf Notwehr. Jetzt ist er völlig verzweifelt, dass mit seiner Hilfe die Mörder als freie Männer den Gerichtssaal verlassen konnten. So habe ich ihn noch nie gesehen.«

»Du musst ihn davon überzeugen, dass er aussagt, Angel!« Waco sah die attraktive Frau mit seinen pulvergrauen Augen unnachgiebig an. »Darüber wie die Mannings die Geschworenen immer wieder unter Druck setzen, ihnen Angst einjagen, sie erpressen oder bezahlen. Bei Dallas Stoudenmire, bei seinem Deputy Stanley Cumming – Jim und Felix Manning wurden jedes Mal wegen Notwehr freigesprochen.«

»Dad wird sich niemals gegen den Manning-Clan stellen. Er weiß, dass er dabei nicht bestehen kann, obwohl er will, dass dieses himmelschreiende Unrecht endlich ein Ende hat.«

»Wenn er eine dementsprechende Aussage macht, packen vielleicht weitere Jury-Mitglieder aus. Dann besteht die Chance, dass ein Bundesgericht die Urteile revidiert und die Mörder doch noch ihre gerechte Strafe erhalten.«

»Und was soll aus uns werden? Und denen, die den Mut dazu aufbringen?« Angel strich sich eine Haarsträhne aus der glatten Stirn. »Die übrigen Manning-Brüder, die nicht im Knast sitzen, werden sich furchtbar an allen rächen!«

Waco stand auf, setzte sich neben die Frau aufs Bett und legte einen Arm um ihre zierliche Schultern »So weit wird es nicht kommen! Sam und ich werden das zu verhindern wissen. Vertraue uns.«

»Ich weiß nicht, Everett …« Angel verzog ihr Gesicht, als hätte sie Zahnschmerzen.

»Du musst es versuchen! Nur so finden dein Vater und die anderen ihren Seelenfrieden wieder. Nur so kann dieser Spuk ein für alle Mal beendet werden.«

»Vielleicht hast du recht«, murmelte Angel. Ihr blasses Antlitz war dem seinen sehr nahe, ihre wunderbaren himmelblauen Augen klar und weit geöffnet. Ihr schwarzes Haar war wie eine Brücke zwischen ihnen.

Waco spürte die Wärme ihres Atems. Aber auch das leichte Zittern ihres Körpers. Er nahm sie noch fester in die Arme. Wie ein schutzbedürftiges Kalb drängte sie sich an ihn und beinahe sah es so aus, als würden sie sich erneut einander hingeben. Denn in dieser Stadt, in diesem Land nahmen sich Liebende und Begehrende sofort das, was sie brauchten, weil keiner wusste, was morgen war.

Doch plötzlich klopfte es an die Tür. Das laute Hämmern holte sie mit einem Schlag in die Wirklichkeit zurück.

Waco erhob sich und öffnete die Tür. Draußen stand Sam. Die Enden seines gezwirbelten Schnurrbarts hingen wie die Schwingen eines toten Vogels über seine Mundwinkel herab. Er machte einen besorgten Eindruck.

»Ich brauche dich, mein Freund!«, sagte er nur.

*

Wie ausgestorben lag die nächtliche Main Street vor ihnen, als sie nebeneinander zum Coliseum Saloon hinüber schritten. Das Mondlicht spiegelte sich auf den Blechsternen, die an ihren Hemden steckten.

In kurzen Worten informierte Sam seinem Freund darüber, dass Ned McKinney einen Cowboy halb totgeschlagen hatte. Schwer verletzt hatte ein Passant Jeff Garner, wie dieser hieß, vor der Trinkhalle gefunden. Jetzt befand sich das Opfer in der Obhut von Doc Clearwater.

Als der Town Marshal mit Waco durch die hölzerne Pendeltür trat, war die Siegesfeier der Mannings noch in vollem Gange, obwohl die Brüder schon längst abgezogen waren.

Die Luft war stickig und zum Schneiden dick. Keiner der Anwesenden machte ihnen Platz, so als ignorierten sie die beiden Sternträger absichtlich, die sich bis zum Schanktisch vorkämpften.

»Wo ist McKinney?«, fragte Sam den düster dreinblickenden Barkeeper. Dieser zuckte nur die Achseln, wollte sich von den ungebetenen Gästen abwenden, als Waco blitzschnell über den Tresen langte und ihn zu sich heranzog.

»Vor knapp einer Stunde wurde hier ein Mann halb totgeschlagen!«, knurrte Waco eisig. »Wenn du also nicht willst, dass wir den Betrieb in dieser Spelunke einstellen, dann spuck aus, was wir von dir wissen wollen, Freundchen!«

Hilfe suchend sah sich der Schankmann um, doch sein Assistent war auf der anderen Seite des Tresens beschäftigt. Und die übrigen Gäste achteten in dem ganzen Trubel nicht auf sie.

»Blood Beard vergnügt sich oben mit Sarah«, antwortete der Barkeeper kleinlaut. »Erstes Zimmer rechts!«

Waco ließ ihn los und nahm mit Sam die Treppe. Vor dem angegebenen Raum zückten sie ihre Revolver. Mit einem Ruck zog Waco die Tür auf und stürmte gleich darauf, dicht gefolgt von seinem Freund, in das Zimmer hinein.

Mit dem Rücken zu ihnen stand Ned McKinney vor einem blonden, zierlichen Mädchen, dessen Bluse über der vollen Brust zerrissen war. Wie von der Tarantel gestochen wirbelte er herum, wollte gleichzeitig nach seinem Colt greifen.

»Lass dein Schießeisen stecken!«, herrschte Sam ihn an.

Blood Beard verharrte mitten in der Bewegung. Sein Blick flog von einem Sternträger zum anderen. »Verflucht, was sucht ihr hier? Das ist privat!«

Waco trat einen Schritt auf ihn zu und nahm ihm die Waffe ab. Die junge Blondine ging zitternd und soweit es in dem beengten Zimmer möglich war, furchtsam um den vollbärtigen Glatzkopf herum und blieb dann stehen.

»Dem Himmel sei Dank, dass ihr gekommen seid, Marshals. Dieses Tier wollte mir gerade noch mehr Gewalt antun!«, sagte Sarah und brach gleich darauf in Tränen aus.

Blood Beard lachte trocken auf. Es klang wie das Bellen eines Wüstenfuchses. »Glaubt ihr etwa dieser verdammten Hure?«

Waco stieß ihm die Mündung seines Peacemakers in die Seite, sodass McKinney vor Schmerz sein bärtiges Gesicht verzog.

»Sagt dir der Name Jeff Garner etwas?«, fragte Sam.

»Nie gehört«, keuchte Blood Beard.

»Das solltest du aber! Bei ihm handelt es sich um den jungen Cowboy, den du vorher halb tot geprügelt hast!«

»Was für einen Mist wollt ihr mir da anhängen? Es war ein fairer Kampf.«

»Garner hat etwas anderes ausgesagt. Selbst als er nur noch wehrlos dalag, hast du weiter auf ihn eingedroschen!« Sam starrte den Hünen mit funkelnden Augen an.

»Ich glaube kaum, dass ihr dafür einen Zeugen finden werdet! Fragt doch unten im Schankraum nach!« Ein teuflisches Grinsen überzog McKinneys zerfurchtes Gesicht. Er schien sich seiner Sache ziemlich sicher.

»Ich habe es gesehen!« Die Worte des blonden Mädchens auf der Türschwelle trafen den Rotbärtigen unvermittelt und hart wie Peitschenschläge. Für einen Moment flatterten seine Augenlider. »Du wirst den Teufel tun …«

»Halt die Klappe, McKinney!« Waco war nun ganz nahe an den Kopfgeldjäger herangetreten, konnte die Bösartigkeit und Niedertracht geradezu riechen, die von ihm ausströmte. »Auch wenn ich den Stern trage, hindert es mich nicht daran, dir noch einmal eine Lektion zu erteilen!«

Blood Beards Gesicht wurde rot wie Mohn, nur mühsam beherrschte er sich. Angesichts der beiden Colts, die auf ihn gerichtet waren, blieb ihm jedoch nichts anderes übrig, als sich zu fügen.

»Du wirst uns jetzt zum Marshal's Office hinüber begleiten!« Sam wedelte mit dem Lauf seiner Waffe zur Tür.

»Das könnt ihr nicht machen …«

Wortlos stieß Waco ihm erneut die Mündung des Peacemakers in die Seite. Widerwillig trottete der Kopfgeldjäger vor ihm aus dem Zimmer, gefolgt von Sam und Sarah.

Auf dem Treppenabsatz hatten sich jedoch bereits seine Männer versammelt, allen voran Butch Cliner.

»He, Marshals, es gibt keinen Grund McKinney festzunehmen!« Einmal mehr sah sein Gesicht wie das eines abgemagerten Gauls aus.

»Das lass unsere Sorge sein!«, entgegnete Sam knapp. Allerdings ging es nicht weiter, weil Blood Beard vor seinen Leuten stehen geblieben war. Ängstlich drückte sich Sarah an die Wand.

»Wir alle haben gesehen, wie dieser junge Cowboy McKinney angegriffen hat«, verkündete Cliner großspurig. »Das werden wir notfalls vor Gericht schwören. Das, was diese kleine Hure euch erzählt, ist einen feuchten Dreck wert!« Die übrigen Männer bestätigten die Worte mit lauten, wütenden Rufen.

Waco und Doolin wurde schnell klar, dass sie damit nichts mehr gegen Blood Beard in der Hand hatten. Jeff Garners Aussage und die des Mädchens standen gegen zwei Dutzend andere.

»Seid vernünftig, Leute!«, versuchte es der Town Marshal trotzdem. »Wir nehmen McKinney jetzt ins Office mit, um dort zu klären …«

Weiter kam er nicht. Denn aus einem der Zimmer, das in seinem Rücken lag, trat plötzlich ein schlaksiger, unrasierter Mann mit blassem Gesicht und welligem schwarzen Haar heraus. In seinen Fäusten hielt er eine Parker Gun, die er auf die Sternträger gerichtet hatte.

»Ihr habt Cliner und die Jungs gehört!«, rief er. »McKinney hat diesem Heißsporn Jeff lediglich seine Grenzen aufgezeigt. Ihr könnt ihm nichts.«

Blood Beard drehte sich zu ihm um. »Gut gemacht, Keanu!«, sagte er. Und an die Sternträger gewandt: »Verschwindet von hier, bevor Keanus Zeigefinger Zuckungen bekommt!«

Die beiden Freunde wussten, dass sie gegen die Übermacht nicht bestehen konnten. Damit die Lage nicht weiter eskalierte, steckten sie schweren Herzens ihre Waffen wieder weg. Mit Sarah in ihrer Mitte drückten sie sich wortlos an McKinney vorbei. Die Männer auf der Treppe machten ihnen unflätig grinsend Platz.

Mit ausladenden Schritten durchquerten Sam und Waco den Schankraum, in dem zwischenzeitlich Totenstille herrschte. Instinktiv warf Waco, der sich hinter seinem Freund befand, einen Blick über die Schulter, zum Treppenabsatz hinauf. Durch den Qualm hindurch sah er, wie Keanu oben auf der Balustrade die Parker Gun angelegt hatte und den Eisenholzkolben an seine Brust presste. Mit zusammengekniffenen Augen visierte er ihn über den Doppellauf hinweg an, den Zeigefinger um die beiden Stecher gelegt.

Ohne weiter nachzudenken, versetzte Waco Sarah und Sam einen kräftigen Stoß in den Rücken, damit sie aus der unmittelbaren Schusslinie kamen. Fast gleichzeitig warf er sich zu Boden und zog den Peacemaker aus dem Holster.

Keine Sekunde zu früh, denn schon krachte die doppelläufige Flinte mit ohrenbetäubendem Knall auf. Der Schrot hakte neben Waco in den Holzboden, während er selbst abdrückte. Sein Blei erwischte den hinterhältigen Schützen am Hals, stieß ihn nach hinten gegen die Wand, an der er langsam herunterrutschte.

Wie hypnotisiert starrten McKinney und Cliner auf den toten Keanu. Da waren Waco, Sam und Sarah bereits aus dem Saloon heraus. Sie mussten das Barmädchen in Sicherheit bringen.

Der Kampf um die Vorherrschaft in El Paso hatte begonnen!

*

Schon seit Tagen konnte Hank Reno keinen Schlaf mehr finden. Auch in dieser Nacht nicht. Im Wohnzimmer seines kleinen Hauses wippte er im Schaukelstuhl auf und ab. Der flackernde Schein der Petroleumlampe schuf ein diffuses Licht. Auf der Holzkommode stand ein Rahmen mit dem Bild seiner vor fünf Jahren verstorbenen Frau Mary. Sie hatte an einer unheilbaren Lungenschwindsucht gelitten. Nach ihrem Tod verloren Hanks stechend blaue Augen ihren Glanz und damit ihr Leben.

Der sechzigjährige Mann mit dem baumwollfarbenen Haar seufzte leise. Seine Miene war emotionslos, fast starr, wie an dem Tag, als er gezwungen war, seine Liebe zu Grabe zu tragen. Nun hatte er nur noch Angel. Und den General Store, den er einst mit seiner Ehegattin zusammen geführt hatte und an deren Stelle nun seine Tochter getreten war.

Als Reno an Angel dachte, spürte er tiefe Schuldgefühle in sich aufsteigen. Ihm war bewusst, dass er ihr zu wenig Zuneigung zeigte, zu wenig Halt gab. Und dennoch ließ sie sich das nie anmerken, sondern sorgte für ihn in jeder Hinsicht, obwohl es eigentlich gerade anders herum sein musste. Sie hatte wahrlich einen besseren Vater verdient, als er es jemals gewesen war!

Das Schlimmste aber war seine Feigheit, als sie vor kurzem Ärger mit McKinney bekommen hatte und er ihr nicht beigestanden hatte. Erst als der Fremde die Situation geklärt hatte, wagte er sich aus seinem eigenen Store.

Was für eine Schande! Was für ein elender Schwächling er doch war, erfüllt mit Selbstmitleid und Selbstvorwürfen!

Dasselbe galt für die zurückliegenden Gerichtsverhandlungen gegen Jim und Felix Manning. Jeder von den Geschworenen wusste, dass die Brüder des heimtückischen Mordes an Stoudenmire und Cumming schuldig waren, und dennoch entschieden sie allesamt auf Notwehr. Aus

Feigheit und Angst vor der Bande, die seit einigen Monaten die Stadt terrorisierte.

Kurz nur hatte Hank in Sam Doolins Augen geblickt, dem Einzigen, der den Mannings noch Paroli bot und hatte darin nur Verachtung gelesen. Für ihn. Für sie alle.

Ja, er Hank Reno war ein feiger Mann. Einer, der mithalf, Mörder ungeschoren davonkommen zu lassen …

Auf einmal tauchte Angel neben ihm auf. In ihrem dünnen Schlafgewand sah sie wie ein Gespenst aus, das geradezu aus dem Nichts erschienen war.

»Ich muss etwas mit dir besprechen, Dad!«, sagte sie und setzte sich mit gekreuzten Beinen auf das Pumafell, das vor seinem Schaukelstuhl auf dem Boden lag.

»Um diese Herrgottszeit?« Reno zog die weiß gesprenkelten Augenbrauen in die Höhe. »Kann das nicht bis morgen warten?«

»Nein, Dad. Es ist wichtig! Die Verhandlung gegen die beiden Manning-Brüder …«

»Ich will nichts davon hören!« Der Alte stieß diese Worte so barsch zwischen den Lippen hervor, als wären sie ein Fluch. Angel erschrak regelrecht.

»Du musst aber, Dad!«, erwiderte sie, keinen Widerspruch duldend. »Es geht um unsere Zukunft und um die von ganz El Paso!«

Als Hank schwieg, berichtete sie ihm von Wacos Vorschlag, eine Aussage über die Geschworenenbeeinflussung zu machen. Vielleicht zogen noch andere aus der Jury mit, damit ein Bundesgericht die manipulierten Entscheidungen revidieren konnte.

Ihr Vater sagte lange nichts, wippte nur im Schein der Petroleumlampe im Schaukelstuhl auf und ab.

»Weißt du, was das für uns bedeuten würde?«, fragte er schließlich nach einer halben Ewigkeit.

»Die Marshal's geben uns Schutz …«

»Zwei Männer gegen ein ganzes Rudel Wölfe! Die Mannings werden erst sie und dann uns töten, Angel!« Ein

Ausdruck von Angst flog über Renos Züge. Mit krampfhaften Atemzügen versuchte er, seine Fassung wiederzuerlangen.

»Nein, Dad, nicht wenn wir es richtig angehen! Everett Waco und Sam Doolin sind kluge und harte Burschen, die wissen, was sie tun! Sie lassen uns nicht im Stich.«

Wieder schwieg Hank. Das einzige Geräusch im Raum war das rhythmische Knarzen der gebogenen Kufen des Schaukelstuhls auf dem Holzboden.

»Wenn etwas schief läuft, werde ich auch dich verlieren!«, sagte er dann. »Mein Leben ist mir egal aber nicht deines!«

»Rede keinen Unsinn, Dad!«, wisperte Angel mit dem Geschmack von Galle im Mund. »Soweit wird es nicht kommen!« Sie nahm die zierlichen Hände ihres Vaters in die eigenen und sah ihn fest an. »Sei einmal mutig, Dad!«

Es schien so, als würde ein Ruck durch den hageren Körper des Alten gehen. Für einen Moment lichteten sich die Schatten auf seinem faltenzerfurchten Antlitz. In seine Augen trat ein Funkeln, das tief in seinem Innern verborgen war und jetzt kurz an die Oberfläche kam.

»Bitte, Dad …«

»Also gut, Liebes! Ich suche morgen Sam Doolin auf und mache eine Aussage! Ich werde auch versuchen, die anderen Geschworenen davon zu überzeugen.«

Angel blinzelte, um die jäh aufsteigenden Tränen zurückzudrängen. »Ich liebe dich, Dad«, flüsterte sie.

So saßen Vater und Tochter eng beieinander, hielten sich fest, als könnte sie nie mehr etwas voneinander trennen. Leise weinten sie, bis das erste Tageslicht durchs Fenster fiel.

Dabei ahnten sie nicht, dass sich längst dunkle, unheilvolle Wolken über ihnen zusammengebraut hatten.

*

Nach der unrühmlichen Episode im Coliseum Saloon ging Sam Doolin zu seiner Verlobten Eve nach Hause. Es war nicht auszuschließen, dass die aufgestachelte Bande auf dumme Gedanken kam. Von Doc Clearwater hatte er erfahren, dass der Cowboy Jeff Garner trotz seiner Verletzung inzwischen die Stadt verlassen hatte. Zukünftig würde er wohl einen weiten Bogen um El Paso machen.

Waco zog sich mit Sarah ins Del Norte-Hotel zurück, die sonst nicht wusste, wo sie bleiben sollte.

»Danke, dass ich bei dir wohnen darf«, sagte das blonde Barmädchen erleichtert, während es sich auf das Bett legte. Aufgrund des Viehtriebs und der Cowboys, die in die Stadt kamen, gab es keine freien Zimmer mehr.

»Nicht der Rede wert!« Waco stand am Fenster und blickte auf die nächtliche Main Street hinunter. Er hatte keine Ahnung, ob er dem Frieden trauen konnte oder ob McKinney und seine Männer so verrückt waren, hier aufzukreuzen. Aber alles blieb ruhig. Schließlich stieg auch er in die Federn. Es war ein harter Tag gewesen. Wie so oft auf seinem Trail hatten ihn die Umstände dazu gezwungen, einen Menschen zu töten, der ihn in die Hölle schicken wollte.

Neben sich nahm Waco die Wärme der Blondine wahr, die ihn so sehr an Mabel erinnerte. Er dachte, dass sie längst eingeschlafen war, als er plötzlich ihre schmalen Finger an seiner Wange fühlte. Zärtlich strichen sie über sein Gesicht.

»Ich bin dir und Marshal Doolin dankbar, dass ihr mich vor Blood Beard gerettet habt. Diese widerliche Bestie wollte mir Gewalt antun, weil ich mich ihm verweigerte. Er dachte wohl, ich sei ein billiges Flittchen, das es mit jeder dahergelaufenen Straßenratte treibt!«

Sarahs Hände glitten tiefer, streichelten Wacos Brust, blieben einen Moment auf seinen harten Bauchmuskeln liegen und wollten nach unten wandern, aber der Mann hielt sie zurück.

»Du bist mir nichts schuldig«, sagte er nur.

Sarah nickte mit Tränen in den Augen und drehte sich auf die andere Seite. Irgendwie froh, dass es wenigstens ein

Mann gab, der sie nicht als Hure sah und ihr selbst in dieser Situation aus Anstand und Respekt widerstand.

Wenig später schliefen Waco und Sarah ein. Es war die letzte gemeinsame, wenn auch getrennte Nacht im Hotel. Aber das konnten sie einmal erahnen. Denn einer von ihnen würde schon bald sterben.

*

Den nächsten Tag verbrachte Waco die meiste Zeit im Marshal's Office, während sich Sarah in die Obhut von Sams Verlobter Eve begab.

Nach der gestrigen Schießerei hatten Sam und er noch einmal den Coliseum Saloon aufgesucht, standen aber vor verriegelter Tür. Ein Schild verriet, dass der Amüsierschuppen geschlossen blieb. Auch vor dem Gebäude trafen sie niemanden an. Nirgends in der Stadt gab es eine Spur von den Manning-Brüdern oder ihrer Mannschaft. Wahrscheinlich hatten sie sich auf ihre Ranch zurückgezogen, um über ihr weiteres Vorgehen zu beratschlagen.

Danach suchten die Freunde Sean Clearwater auf, der nicht nur der Doc, sondern zudem der städtische Leichenbeschauer war. Sam benötigte für seinen Bericht den Totenschein von Keanu, den erschossenen Killer mit der Parker Gun. Allerdings fanden sie die Praxis ebenfalls verschlossen vor. Das war höchst seltsam.

Zurück im Marshal's Office bekamen sie Besuch von Angel. Sie unterrichtete die beiden Männer von ihrem erfolgreichen Gespräch mit ihrem Vater. Noch heute wollte Hank Reno die Geschworenen aufsuchen und danach eine schriftliche Aussage betreffs der Praktiken der Mannings machen. Vielleicht konnte er sogar den einen oder anderen aus der Jury dazu bewegen, sich ihm anzuschließen.

Als Angel das Office wieder verließ, blickten sich Everett und Sam über den Schreibtisch hinweg an. Sie dachten dasselbe: Das war ein guter Anfang, um die Macht der Mannings zu brechen!

*

Die vier Brüder hatten sich im geräumigen Wohnraum ihrer Ranch versammelt. Vor ihnen stand ein fettleibiger Mann, der von einem Bein aufs andere trat und mit seinen fleischigen Fingern nervös die Krempe des schwarzen Zylinderhuts knetete. Man sah ihm an, dass er sich nicht wohl in seiner Haut fühlte. Seine winzigen goldfarbenen Augen huschten wie die eines von einem Wolfsrudel in die Enge getriebenen Kaninchen hin und her. »Ihr habt mich bisher in Ruhe gelassen«, begann Sean Clearwater vorsichtig.

»Solange du das tust, was wir von dir verlangen, bekommst du mit uns keinen Ärger!«, entgegnete Jim Manning herrisch.

»Aus genau diesem Grund bin ich gleich hergeritten, um euch zu sagen, dass ich loyal sein werde, egal was kommt! Ihr könnt immer auf mich zählen!«

Die Blicke der Mannings bekamen einen misstrauischen Ausdruck.

»Was meinst du damit?«, fragte Felix. Sein blondes Haar war zerzaust, stand wirr von seinem schmalen Schädel ab.

»Dass ... dass es ... bald Probleme gibt ...«, stotterte der Dicke. Jedes Mal, wenn er etwas sagte, schwabbelten seine rosigen Hängebacken.

»Willst du hier ein Ratespiel veranstalten, verflucht noch mal?«, platzte es nun aus John Manning heraus. Und auch Frank, an seiner linken Seite, knurrte böse.

Sean Clearwater, der Arzt, Leichenbeschauer und Geschworene in einer Person, schüttelte fahrig den Kopf. »Nein ... keineswegs ... Hank Reno hat mich aufgesucht. Er wollte mich überreden, mitzumachen ...« Der Dicke hielt inne.

»Bei was?« Jim Manning bleckte die Zähne.

48

»Ich weiß nicht, wie ich es sagen soll ... Also Hank bat mich, mit ihm eine Aussage zu machen ... Darüber, wie ... wie die Geschworenen in El Paso ...« Vor Aufregung verhaspelte sich Clearwater so sehr, dass er kein klares Wort mehr herausbekam. Dicke Schweißtropfen glänzten auf seiner hohen Stirn. Als er jedoch den Blick hob und die vier Männer ansah, die mit gespannten und erwartungsvollen Gesichtern vor ihm standen, riss er sich zusammen und fuhr fort. »Also ... Hank will morgen beim Marshal auspacken, dass ihr die Jury unter Druck gesetzt habt ... und deshalb Jim und Felix wegen, der ... der Sache mit Stanley Cumming und Dallas Stoudenmire freigesprochen wurden!«

Eine Zeit lang herrschte Schweigen im Wohnzimmer der Ranch. Den Brüdern wurde schlagartig bewusst, was dies bedeutete. Sollte eine solche Aussage, und vielleicht noch weitere, schriftlich an ein Bundesgericht gehen, konnten sie alles, was sie sich bisher aufgebaut hatten, verlieren!

»Danke, Sean, dass du uns informiert hast. Jetzt kannst du wieder gehen!« Jim Mannings Stimme klang belegt. Er registrierte gar nicht, wie der Fettkloß zur Tür hinaus trottete und von der Ranch ritt. Seine Gedanken waren bereits bei Town Marshal Sam Doolin und seinem neuen Deputy Waco.

Für ihr Herumschnüffeln würden sie ihnen eine Lektion erteilen. Zudem musste Hank Reno sofort von der Bildfläche verschwinden, bevor alles zu spät war. Und Jim Manning wusste auch schon wie!

*

Sie kamen gleich nach Einbruch der Nacht. Mit trommelndem Hufschlag preschten die vier maskierten Reiter auf ihren schweißnassen Pferden wie wilde Teufel von Norden her in die Stadt. Dies war der kürzeste Weg zu dem kleinen Haus der Renos, das am Rand von El Paso lag.

Von ihren Gesichtern, die sie hinter staubigen Halstüchern verbargen, waren nur die hasserfüllten Augen zu sehen.

Vor dem alleinstehenden Gebäude zügelten die Reiter ihre Gäule und schwangen sich aus den Sätteln. Bis auf den größten und massigsten Mann, der sitzen blieb, um die Vordertür zu bewachen.

Die drei anderen Maskierten rannten um die Ecke, verschafften sich mithilfe ihrer Gewehrkolben gewaltsam Zutritt durch die Hintertür. Drinnen verteilten sie sich. Zwei durchsuchten den Wohnraum und die Küche, der Dritte stürmte die schmale Treppe zu den beiden Schlafkammern hinauf. Dort fand er die Tochter des alten Renos vor, die mit vor Entsetzen geweiteten Augen neben ihrem Bett stand. Es sah so aus, als hätte sie sich in großer Eile angekleidet.

»Was wollt ihr?«, fragte Angel mit bebender Stimme, obwohl sie die Antwort schon erahnte. Vor Aufregung hob und senkte sich ihr mächtiger Busen unter der straffanliegenden Bluse. Kurz nur dachte sie an ihren Vater, der zum Glück noch nicht wieder zurückgekehrt war. Er war den ganzen Tag unterwegs, um in der Stadt die Jury-Mitglieder aufzusuchen, die er davon überzeugen wollte, sich seiner morgigen Aussage anzuschließen. Wahrscheinlich war das der Grund, weshalb die Männer hier waren.

Der Maskierte antwortete nicht, sondern gab ihr mit seiner Winchester ein Zeichen, in das Erdgeschoss hinunterzugehen.

Angel blieb nichts anderes übrig, als der Aufforderung Folge zu leisten, während hinter ihrer glatten Stirn die Gedanken rasten. Auf der Türschwelle fuhr sie abrupt zu dem völlig verdutzten Mann herum, schlug den Lauf des Gewehrs zur Seite und warf sich auf ihn. Gemeinsam gingen sie zu Boden, rangen keuchend miteinander.

Vor Anstrengung traten an Angels Hals die Adern hervor. Sie wusste, dass sie gegen den Maskierten auf die Dauer nicht ankommen würde. Schon schwanden ihre Kräfte …

»Lass mich los, du verfluchte Hexe!«, schnaubte der Mann und versetzte ihr einen harten Fauststoß in den Magen.

Angel glaubte, von einem Dampfhammer getroffen worden zu sein. Von der Wucht des Hiebes verlor sie ihr Gleichgewicht und fiel rückwärts von ihrem Gegner herunter. Sie rang nach Luft, rote Flecken tanzten vor ihren Augen. Sie hatte das Gefühl, dass sie sich im nächsten Augenblick übergeben musste.

Unterdes rappelte sich der Maskierte auf und riss sie brutal an ihren langen schwarzen Haaren hoch. »Wenn du noch mal Schwierigkeiten machst, dann knall ich dich an Ort und Stelle ab, kapiert!« Mit diesen Worten stieß er die Frau vor sich her. Als sie den Treppenabsatz erreichten, kamen zwei weitere vermummte Männer aus der Küche und dem Wohnraum.

»Wo ist dein Alter?«, fragte einer von ihnen. Angel glaubte, die Stimme schon einmal gehört zu haben, wusste aber nicht auf Anhieb, wem sie zuzuordnen war. Der Schmerz in ihrem Leib und das Rauschen in ihren Ohren verklangen allmählich.

»Das weiß ich nicht«, wisperte sie rau. »Irgendwo in der Stadt …«

Der Mann hinter ihr versetzte ihr mit der Gewehrmündung einen schmerzhaften Stoß in den Rücken, sodass sie beinahe vornüber gefallen wäre.

»Dann nehmen wir eben dich mit!«, knurrte er kalt. Kaum hatte er zu Ende gesprochen, als die beiden anderen Angel an den Händen fesselten und ihr einen Knebel in den Mund steckten.

Danach packten sie die Schwarzhaarige an den Schultern und stießen sie zur Hintertür hinaus. Der massige Reiter, der vor dem Haus wartete, zog sie zu sich aufs Pferd hinauf.

Mit ihrer Beute ritten die Maskierten im gestreckten Galopp den Weg zurück, den sie erst vor wenigen Minuten gekommen waren. Auf halber Strecke machten sie jedoch in einem weiten Bogen kehrt. So hofften sie, mögliche

Verfolger in die Irre zu führen. Denn sie wussten genau, wo sie die gekidnappte Frau verstecken würden.

*

Mit hängenden Schultern und schleppenden Schritten ging Hank Reno zu seinem Haus am Stadtrand zurück Es war später geworden, als er vermutet hatte. Längst war der Mond aufgegangen und schickte sein fahles Licht über die Chihuahua-Wüste. Angel schlief bestimmt schon.

Der Store-Besitzer war tief enttäuscht, denn seine Mission war gescheitert. Den Ersten, der elf Geschworenen, den er aufgesucht hatte, war Doc Sean Clearwater gewesen. Hollister hatte versucht, ihn zu bewegen, seinem Beispiel zu folgen. Doch weder der Doc, der es danach seltsam eilig hatte aus der Stadt zu kommen, noch einer der anderen zeigten sich dazu bereit. Im Gegenteil, sie rieten ihm, keine Aussage beim Marshal zu machen. Dabei hatten alle Jury-Mitglieder eines gemeinsam: Angst vor den Mannings.

Reno seufzte still vor sich hin, blieb vor der Vordertür des kleinen Holzhauses stehen und schloss auf. Er ging hinein und zog sie so leise wie möglich hinter sich zu, um Angel nicht zu wecken.

Das Mondlicht, das durch die Fenster des schmalen Flurs sickerte, war geradeso hell, dass er sich orientieren konnte. Auf Zehenspitzen schlich er zur Treppe, die zu den beiden Schlafkammern führte. Als sein Blick zufällig auf die offene stehende Hintertür fiel, hielt er inne. Niemals ließ er noch seine Tochter zur nächtlichen Stunde eine der Außentüren unversperrt.

Der alte Mann krauste die Stirn, ging hinüber und erstarrte. Das Eisenschloss war aufgebrochen! Es hing nur halb in der Einfassung. Vom Türrahmen standen Holzsplitter ab.

Jemand war gewaltsam ins Haus eingedrungen!

52

Renos Herz schlug ihm bis zum Hals, sein Magen rebellierte und für einen Moment glaubte er, einen Schwächeanfall zu erleiden. Mit den Händen musste er sich an der Wand abstützen.

Seine Gedanken überschlugen sich. Er dachte an die zurückliegenden Besuche bei den Geschworenen, um sie gegen die Mannings aufzubringen.

Nachdem er ein paar Mal kräftig durchgeatmet hatte, ging es wieder. Mit zitternden Beinen schritt der Alte die Treppe zu den Schlafkammern hoch. Bevor er oben angelangt war, rief er Angels Namen. Doch niemand antwortete ihm.

Reno sah in allen Zimmern nach. Sie waren leer. Er drehte sich um und hetzte die Stufen so schnell hinunter, dass er beinahe gestolpert wäre. Gerade noch konnte er sich am hölzernen Geländer festhalten, um nicht zu stürzen.

»Angel ...«, rief er, so laut er konnte durch das stille Haus. »Mein Gott, wo bist du, Liebes?«

Erst als der alte Mann auch die Räume im Erdgeschoss durchsucht hatte, wurde es Gewissheit für ihn: Jemand war eingebrochen und hatte seine Tochter entführt!

Diese Erkenntnis raubte ihm seine ganze Kraft. Seine dünnen Beine versagten ihren Dienst. Wie zerbrochene Streichhölzer knickten sie ein. Schwer fiel Reno auf den nackten Küchenboden, stieß sich dabei den Kopf an der Tischkante. Doch er verlor das Bewusstsein nicht, obwohl er sich nach der Schwärze sehnte, die kurz vor seinen Augen aufflackerte. Alles war besser, als die Schuld an Angels Entführung zu ertragen. Denn für ihn stand außer Frage, wer dafür verantwortlich war: die verfluchten Manning-Brüder. Und er selbst, durch sein erneut fahrlässiges Handeln, weil er den »Helden« spielen wollte!

Reno wusste nicht, wie lange er so da lag – wie eine Kakerlake, die die letzten Zuckungen machte, bevor sie zertreten wurde. Ihm war nach Weinen und Brüllen gleichermaßen zumute.

Ich muss Angel helfen!

Dieser Gedanke beherrschte ihn, brachte ihn schließlich wieder in die Höhe, wobei er sich am Tisch abstützen musste. Erneut erfasste ihn Schwindel. Doch er ertrug ihn, bis dieser nicht mehr als ein zartes Schwingen war, gerade so als würde jemand eine Klaviersaite zupfen.

Angel!

Schwerfällig ging Hank Reno aus dem Haus hinaus, ließ die Tür hinter sich weit offen. Aber dieses Mal war es ihm egal.

Aus dem Fenster des Marshal's Office drang das flackernde Licht einer Petroleumlampe. Sam Doolin war also noch nicht bei seiner hübschen Verlobten, die sicher schon sehnsüchtig auf ihn wartete.

So wie ich auf dich, Angel!

Ohne anzuklopfen, trat Reno ins Office hinein, schreckte den Marshal und seinen Deputy auf, die am Schreibtisch über einem Stapel Papiere saßen.

Mit seinem totenbleichen Gesicht, den gehetzten Augen, dem abstehenden weißen Haar und der dicken Beule auf der Stirn schien er einen wirren Eindruck auf sie zu machen. Das erkannte er an ihrem Blick.

»Sie haben Angel geholt!«, brachte der Store-Besitzer gerade noch heraus, bevor er schluchzend auf einem Stuhl in sich zusammensackte.

Sam und Waco mussten all ihre Überredungskunst aufwenden, um ihn dazu zu bewegen, zu erzählen, was geschehen war.

Als der Alte schließlich geendet hatte, versank er in ein tiefes Schweigen. Wie ein Irrer starrte er auf einen imaginären Punkt an der Wand gegenüber. Speichel lief seine Mundwinkel hinunter. Er bemerkte es nicht einmal oder es war ihm egal.

Für ihn gab es nur ein Gedanke: Angel! Und die Schuld, die er auf sich geladen hatte. Wie dumm und naiv war er nur gewesen, zu denken, sich gegen die Manning-Brüder stellen zu können! Er war nicht mehr als ein feiger Versager.

Erneut wurde sein hagerer Körper von einem Weinkrampf geschüttelt.

Die Sternträger überlegten fieberhaft, was zu tun war. Natürlich gab es keine Beweise dafür, dass die Mannings hinter Angels Entführung standen. Sicher würden sie auch auf deren Ranch nicht die geringste Spur von der jungen Frau finden.

Reno war so in Selbstmitleid und Schuldgefühle versunken, dass er gar nicht mitbekam, dass der Marshal ihn anrief. Erst beim zweiten Mal blinzelte er, als würde er aus einem tiefen Schlaf erwachen.

»Sie müssen eine Aussage machen, Reno!«, sagte Sam zu ihm, stützte dabei seine Hände auf die Schreibtischplatte, um seinen Worten Nachdruck zu verleihen. »Danach werde ich unverzüglich dem County-Sheriff telegrafieren. Ebenso dem US Marshals Service in Austin.«

Der Alte schüttelte den Kopf. Zuerst langsam, dann immer heftiger. »Den Teufel tue ich, Doolin!«, entgegnete er entschlossen. Sein Gesicht hatte sich gerötet. »Meine Mission ist kläglich gescheitert, noch bevor sie überhaupt begonnen hat! Ich werde nichts mehr gegen die Mannings unternehmen!«

»Hank, seien sie vernünftig …«, versuchte es nun Waco.

»Es ist zwecklos. Die Brüder sind zu mächtig …«

Sam wechselte einen kurzen Blick mit seinem Freund. »Wir tun alles in unserer Macht Stehende, um Angel so schnell wie möglich zu finden.«

»Hören Sie auf damit, Doolin!« Plötzlich war die Stimme des alten Store-Besitzers laut und fest. Seine rot verweinten Augen blitzten entschlossen. »Ich werde Angel keinesfalls mit einer Aussage noch mehr gefährden! Aber um Himmels willen, suchen Sie nach ihr und bringen Sie sie mir wieder lebend zurück!«

*

Nur mit einem leichten Nachtgewand bekleidet huschte Sarah Tracey auf leisen Sohlen die Treppe ins Obergeschoss des Del Norte-Hotels hinauf. Weil sie nicht schlafen konnte, hatte sie sich in der Hoteldiele vom Nachtportier einen Kräutersaft geholt, der ihr einen tiefen Schlummer bescheren sollte.

Everett Waco war noch immer nicht aus dem Marshal's Office zurück, obwohl die Nacht bereits weit fortgeschritten war. Die blonde, junge Frau fühlte sich in seiner Nähe sicher und geborgen und war irgendwie froh, dass es keine freien Hotelzimmer mehr gab. So konnte sie weiterhin bei ihm zu wohnen. Erst recht nach der Szene mit McKinney im Coliseum.

In Gedanken versunken ging Sarah ins Zimmer zurück. Doch sobald sie den Raum betrat, registrierten ihre feinen Sinne, dass etwas nicht stimmte. Die Luft roch nach penetrantem Schweiß ...

Jäh wurde sie von hinten gepackt und aufs Bett gestoßen. Zwei maskierte Männer hatten an der Wand neben der Tür auf sie gelauert!

Bevor Sarah schreien konnte, legte sich eine schwielige Hand auf ihre Lippen, die erbarmungslos zudrückte. Einer der Kerle hielt sie von hinten fest, während der andere auf sie zutrat. Die schmalen Augen über dem vor Nase und Mund gebundenen Halstuch glitzerten böse.

Sarahs Herz klopfte ihr bis zum Hals, als der Maskierte ein Bowie-Messer aus der Gürtelscheide zog. Die Stahlklinge reflektierte das silberne Mondlicht, das durch das Fenster hereinfiel. Ihre Pupillen weiteten sich, die langen Wimpern schlugen so schnell auf und ab, wie die Flügel eines Kolibris.

Todesangst stieg in ihr auf, verlieh ihr für einen Augenblick neue Kräfte. Sie versuchte, um sich zu schlagen, zu strampeln und zu kratzen. Aber der eiserne Griff des zweiten Mannes lockerte sich keinen Deut.

»Ich möchte noch ein bisschen Spaß mit der Kleinen haben, bevor wir sie abmurksen«, sagte der Bursche mit dem Messer.

»Spinnst du?«, antwortete der Maskierte hinter Sarah. »Wir müssen hier weg!«

Plötzlich erschlaffte die Frau in seinen Fäusten. Es war fast so, als wäre auf einen Schlag alles Leben aus ihrem Körper gewichen. Als er seinen Griff lockerte, fiel sie leblos vornüber auf das Laken.

»Was ist mit der Schlampe?« Panik schwang in der Stimme des Mannes mit dem Messer mit. Er beugte sich tief zu dem Barmädchen hinunter, um nachzusehen.

Das war der Moment, in dem Sarah ihren Kopf hochriss, den Kerl über sich unter dem Kinn erwischte. Mit einem unterdrückten Aufschrei sackte er neben dem Bett zusammen. Das Bowiemesser entglitt seinen Fingern.

Der Schmerz des Zusammenpralls, der durch Sarahs Schädel raste, raubte ihr fast die Besinnung. Dennoch gelang es ihr, die Arme aus dem Griff des Maskierten hinter sich zu winden und aufzuspringen. Sie musste hier raus!

Mit einem Satz überbrückte sie die Entfernung bis zur Tür. Der Mann, den sie mit dem Schädel am Kinn getroffen hatte, stöhnte und hielt sich seinen Kiefer. Vielleicht war er gebrochen.

Sarah nahm das Messer auf und wirbelte herum, als der zweite Maskierte sie erneut packen wollte. Die lange Klinge ratschte über dessen Hemd und hinterließ einen blutigen Schnitt auf seiner Brust. Doch davon ließ er sich nicht beirren, sondern schlug ihr stattdessen die Waffe aus der Hand.

Schon war das Barmädchen an der Tür, während der Vermummte hinter ihr ins Leere griff.

Als Sarah die Tür aufriss, wurden ihre Augen groß. Vor ihr stand ein dritter Mann, der sein Gesicht ebenfalls hinter einem Halstuch verborgen hielt!

Brutal versetzte er der Frau einen Stoß, sodass sie durch das ganze Zimmer taumelte und dann hintenüber aufs Bett fiel. Als sie zu einem Schrei ansetzte, legte sich erneut eine Handfläche auf ihren Mund.

Auf einmal wurde Sarah klar, wer die Maskierten waren. Und gleichzeitig, dass sie von ihnen kein Erbarmen zu erwarten hatte! Hier, in einem kleinen Hotelzimmer in El Paso würde sie sogleich sterben …

*

Als Waco in dieser Nacht vom Marshal's Office ins Del Norte-Hotel zurückkehrte, waren seine Gedanken ganz bei Angel und ihrem Vater. Hank Reno war völlig verstört und desillusioniert nach Hause gegangen. Die Sorge um seine Tochter brach ihm das Herz.

Die Marshals wollten sofort zur Manning-Ranch aufbrechen, doch vorher musste Waco Sarah noch zu Eve bringen. Solange sie weg waren, war sie bei ihr gut aufgehoben.

Als der Deputy durch die Eingangstür des Hotels schritt, grüßte er den greisen Nachtportier hinter dem Anmeldepult. Tom Holcroft schaute kurz auf und gleichzeitig wieder weg, ohne seinen Gruß zu erwidern. Waco schenkte dem keine weitere Bedeutung, sondern führte es auf die allgemeine Mürrigkeit des Portiers zurück. Er nahm die Treppe zu seinem Zimmer. Die Stufen knarrten unter seinen Stiefeln. Bestimmt schlief Sarah schon längst. Dann musste er sie eben wecken, damit sie mit ihm ging.

Zu seiner Verwunderung war die Tür nur angelehnt. Sofort schrillten bei ihm sämtliche Alarmglocken, denn er hatte dem Barmädchen eingebläut, den Raum immer zu verriegeln. Ohnehin, wenn er selbst nicht da war!

Waco angelte den Peacemaker aus dem Holster, stieß mit der Stiefelspitze die Tür auf und stürmte hinein. Dabei duckte er sich tief, um einem eventuellen Schützen ein möglichst kleines Ziel abzugeben. Doch bis auf Sarah, die leblos und seltsam verrenkt auf dem Bett lag, war das Zimmer leer.

Waco steckte die Waffe weg. Sein Magen füllte sich mit Blei, als er den blutigen Schnitt am Hals der zierlichen blonden Frau sah. Ihre gebrochenen Augen starrten zur Decke, ihre fahle Haut war warm. Sie musste erst vor wenigen Minuten ermordet worden sein.

Für einen Moment überkam Waco eine so ohnmächtige Wut, dass er alles um sich herum vergaß und er am liebsten das gesamte Mobiliar kurz und klein geschlagen hätte. Doch schnell besann er sich wieder. Er musste sofort nach dem Mörder suchen, vielleicht hielt er sich noch in der Nähe auf!

Als er sich zur Tür umwandte, sah er sich plötzlich Tom Holcroft gegenüber, der wie angewurzelt auf der Schwelle stand. Sein geschockter Blick flog von der Toten zum Deputy. Ein Stöhnen drang über seine Lippen.

»Sie ... Sie haben das Barmädchen getötet!«, brachte der Nachtportier stockend hervor.

»Reden Sie keinen Unsinn, Holcroft! Sie wissen doch ganz genau, dass ich eben erst das Hotel betreten habe!«

Plötzlich drängten sich zwei Männer mit gezogenen Colts an dem Angestellten vorbei.

»Das hast du nicht!« Ned McKinney grinste teuflisch. Über der breiten Brust war sein Hemd zerschnitten. Die Wunde war nicht tief, blutete kaum. Butch Cliner, der sich neben ihm aufbaute, nickte. Sein Kiefer war blau geschwollen.

»Ihr habt Sarah ermordet, ihr verfluchten Bastarde! Sie hat sich noch gewehrt ...« Wacos Stimme versagte vor Wut.

»Das sehen wir anders«, entgegnete Blood Beard ungerührt. »Wir haben dich auf frischer Tat ertappt!« Der vollbärtige Glatzkopf richtete den Lauf seiner Waffe auf das Gesicht des Deputys, genauso wie Cliner. Bei der geringsten Bewegung würden sie abdrücken. »Du wolltest dich gerade vom Acker machen, nachdem du die blonde Schlampe erstochen hast!«

Schlagartig wurde Waco bewusst, dass ihm diese Mistkerle eine Falle gestellt hatten, in die er geradewegs hineingetappt war! Sie wollten ihm den Mord an dem Barmädchen in die Schuhe zu schieben und ihn so an den Galgen bringen, damit er den Mannings nicht weiter gefährlich werden konnte.

»Ihr wisst genau, dass ich es nicht war! Ich komme soeben aus dem Marshal's Office!«, verteidigte er sich, ärgerte sich jedoch gleich darauf, dies überhaupt tun zu müssen.

»Das mag ja sein, aber du hast die Kleine schon umgelegt, bevor du Doolin aufgesucht hast.« Blood Bart grinste höhnisch.

»Schwachsinn, McKinney! Deiner Version nach hätte ich Sarah getötet, wäre seelenruhig ins Marshal's Office gegangen, um Stunden später wieder zurückzukommen …«

»Wir haben keine Ahnung, was in deinem Schädel vorgeht, Lederhaut!«, mischte sich nun Cliner ein, der beim Sprechen vor Schmerz das Gesicht verzog. »Vielleicht bist du nichts weiter als ein verdammter Irrer, den wir gerade überführt haben!«

»Jedenfalls warst du als Letzter im Zimmer!«, schnaufte McKinney. »Vorher und nachher. Das kann Mr Holcroft vor Gericht beschwören, nicht wahr?«

Der greise Nachtportier nickte stumm, starrte dabei zu Boden. Ihm war klar, dass er mit seiner Aussage den Deputy an den Galgen bringen konnte.

»Und jetzt hoch die Flossen, sonst knallen wir dich gleich hier auf der Stelle ab!« McKinneys Augen verengten sich zu schmalen Schlitzen. Alles an ihm war gespannte Aufmerksamkeit, so als warte er nur darauf, dass sein Gegenüber mit der Wimper zuckte.

Butch Cliner leckte sich mit der Zungenspitze über die spröden Lippen, so wie er es immer tat, wenn er nervös war.

Everett Waco starrte in die Mündungen der auf ihn gerichteten Colts. Ihm war klar, dass er keine Chance hatte.

»Damit werdet ihr nicht durchkommen!«, knirschte er,

während er seinen Revolvergurt öffnete und zu Boden gleiten ließ.

»Schwing keine großen Reden!« McKinney setzte wieder seine höhnische, selbstgefällige Miene auf. »Für Mädchenmörder haben wir in dieser Stadt kein Verständnis. Die Geschworenen werden das genauso sehen. Und dann wirst du hängen, du verdammter Bastard!«

Als Waco an die gekaufte Jury dachte, musste er schlucken. Er wusste aber auch, dass sein Freund Sam das teuflische Spiel schnell durchschauen würde.

Mit vorgehaltenen Waffen trieben Blood Beard und Butch Cliner den Sternträger vor sich her zum Marshal's Office. Holcroft folgte mit gesenktem Haupt.

Als sie schließlich vor dem völlig verdutzten Doolin standen, donnerte McKinney los: »Dein Deputy ist ein verfluchter Mädchenmörder! Wir liefern ihn dir aus, damit du ihn bis zum Prozess gleich einbuchten kannst.«

Sams Miene versteinerte, als er von den schwerwiegenden Vorwürfen gegen seinen Freund hörte. »Everett wird keine Nacht im Jail verbringen«, sagte er dann. »Er ist unschuldig!«

Blood Beard und Cliner glaubten, sich verhört zu haben.

»So kommt dieser Mörder garantiert nicht davon, Marshal«, polterte McKinney los. »Es gibt einen Zeugen ...«

»Hast du mit eigenen Augen gesehen, wie mein Deputy das Barmädchen getötet hat, Tom?«, wandte sich Sam an den Nachtportier.

»Ich ... ich ...« Holcroft suchte nach den richtigen Worten, schaute erst McKinney, dann Cliner von der Seite an. »Nicht ... nicht direkt ...«

»Was heißt das? Ja oder nein?«, hakte Doolin barsch nach.

Der Hotelangestellte zog die Schultern hoch, so als würde er frieren. »Ich konnte nicht sehen, dass der Deputy das Mädchen erstochen hat, Marshal ...«

Sam nickte. »Morgen nehme ich deine Aussage auf, genauso wie die von McKinney und Cliner.«

»Machst du nur einen Scherz, Doolin?« McKinneys wildes, struppiges Gesicht färbte sich rot vor Wut.

»Ganz und gar nicht! Bis ich meine Ermittlungen zu Ende geführt habe, wird Everett vom Dienst suspendiert. Aber er bleibt auf freiem Fuß.«

Blood Beard stand kurz davor, zu explodieren. »Das kannst du nicht tun!«

Noch bevor Sam antworten konnte, tat Waco einen Schritt auf McKinney zu. »Hast du vielleicht eine Ahnung, wo Angel Hollister ist?«, fragte er hart. Auch er musste sich zusammenreißen, um die Beherrschung nicht zu verlieren. Erst die Entführung von Angel und dann der grausame Mord an Sarah.

»Was meinst du damit?«, blaffte der Glatzkopf. Allerdings schwang in seiner Stimme ein Anflug von Unsicherheit mit.

»Das weißt du genau!«

»Du willst wohl den Spieß umdrehen, du verdammter Mädchenmörder …«

Weiter kam Blood Beard nicht, denn Waco packte ihn an seinem Hemdkragen und drängte ihn bis an die Wand zurück. »Du hörst mir jetzt zu, McKinney!« Seine pulvergrauen Augen blitzten vor Wut. »Jeder in diesem Raum weiß, dass ich Sarah kein Haar gekrümmt habe! Aber ich verspreche dir, dass ich ihren Mörder finden werde und wenn ich dabei durch die Hölle gehen muss! Und solltest du, diese Witzfigur neben dir oder einer der Mannings etwas damit zu tun haben, dann Gnade euch Gott!« Waco ließ den Glatzkopf los. Unterdessen war der Nachtportier bis an die Wand zurückgewichen.

Cliner wollte zum Colt greifen, hielt jedoch abrupt inne, als er in die Mündung von Doolins Waffe blickte.

Der Rotbärtige fasste sich schnell wieder. »Das letzte Wort ist noch nicht gesprochen, Marshal! Du kannst Waco nicht einfach laufen lassen!«

»Kümmere dich um deine Angelegenheit! Ich weiß, was ich zu tun habe! Und nun verschwindet!«

Widerwillig verließen McKinney, Cliner und Holcroft das Office.

Die Freunde dachten an Angel und Sarah. Und daran, dass der Preis des Machtkampfes gegen die Manning-Brüder schon jetzt viel zu hoch war.

Dennoch mussten sie ihn weiter führen, um die Stadt von ihren Tyrannen zu befreien. Und zwar bis zum bitteren Ende.

*

Als es am frühen Morgen an der Haustür klopfte, zog sich Sam Doolin gerade an, weil er zur Manning-Ranch reiten wollte. Erst vor zwei Stunden war er aus dem Del Norte-Hotel zurückgekehrt. Doc Clearwater hatte Sarahs Leiche in Augenschein genommen und dann mit einem Assistenten weggebracht. Schweren Herzens hatte Sam seinem Freund den Stern abgenommen und ihn gebeten, vorerst die Stadt nicht zu verlassen. Natürlich war Sam davon überzeugt, dass Everett nichts mit dem Mord an dem Barmädchen zu tun hatte. Allerdings musste er sich an die Vorschriften halten.

Als Eve die Tür öffnete, war sie überrascht, Clifford Preyer vor sich zu sehen. Der große gut aussehende, schlanke Mann mit dem brünetten Haar war der Bürgermeister von El Paso. Sein Alter lag irgendwo zwischen vierzig und fünfzig.

»Morgen, Eve«, begrüßte er sie und tippte an seinen schwarzen Zylinderhut, den er zu einem eleganten dunklen Tuchzeug nach letzter St.-Louis-Mode trug. »Kann ich Sam sprechen?« Sein ansonsten freundliches Gesicht wirkte seltsam verkniffen.

Eve zog die Tür ganz auf. »Na klar, Cliff. Setz dich in die Küche. Ich hole ihn.«

Der Town Major ging durch den kleinen Korridor, der in die Kochstube mündete, und ließ sich am Esstisch nieder.

Gleich darauf kam die rothaarige Frau mit ihrem Verlobten zurück, der ihm gegenüber Platz nahm.

»Du bist schon früh auf den Beinen, Cliff«, meinte Sam, während er sich die obersten Knöpfe seines Hemdes zuknöpfte. Die Müdigkeit steckte noch in seinen Knochen. »Ich nehme an, dass du von Clearwater erfahren hast, dass Angel Reno entführt und das Barmädchen Sarah Tracey ermordet worden ist?«

Preyer antwortete nicht sofort. Er wartete, bis Eve ihm und dem Marshal eine Tasse Kaffee auf den Tisch gestellt hatte und sich dann zurückzog. Nachdem er an dem heißen Gebräu genippt hatte, meinte er: »Du musst Waco verhaften, Sam!« Mehr sagte er nicht. Doch es schien so, als wäre eine schwere Last von seinen Schultern genommen, als er diese Worte aussprach.

»Ist das dein Ernst?« Sam blickte den Bürgermeister mit gerunzelter Stirn an.

»Mein voller Ernst!«

»Du kommst in aller Herrgottsfrühe hier her, um mir vorzuschreiben, wie ich meinen Job erledigen soll?«

»Du weißt, dass ich mich nie in deine Angelegenheiten mische, Sam. Aber du kannst nicht einen … mutmaßlichen Mädchenmörder frei herumlaufen lassen! Selbst wenn er dein Deputy war. Du bist zum Marshal gewählt worden, damit du das Gesetz vertrittst, ganz abgesehen von persönlichen oder privaten Befindlichkeiten!«

Sam war wie vor den Kopf gestoßen. Hatten die Manning-Brüder etwa schon die Daumenschrauben beim Bürgermeister angezogen? Sollte Everett bei einem Prozess mit einem fingierten Zeugen und einer gekauften Jury am Galgen landen?

»Mein Ruf in dieser Stadt ist tadellos, Cliff! Everett Waco ist auf freiem Fuß, weil er Sarah Tracey nicht ermordet hat!«

»Gottverdammt, das weißt du eben nicht!« Preyers Worte überschlugen sich beinahe. Mit der rechten Handfläche klatschte er so wuchtig auf die Tischplatte, dass der Kaffee über die Tassenränder schwappte.

Besorgt kam Eve in die Küche geeilt, ging aber gleich wieder hinaus, als sie die zornigen Mienen der Männer sah. Sie wollte sich nicht in den Streit einmischen.

»Auch wenn du der Town Major bist, führst du dich so nicht in meinem Haus auf, Cliff!« Sams Gesicht war hochrot angelaufen. »Everett hat Sarah nicht ermordet! Die Mannings haben ihn in eine Falle gelockt!«

»Der Nachtportier bestätigt, dass Waco als Letzter bei dem Barmädchen war«, gab der Bürgermeister zurück. »Er ist ein Zeuge, genauso wie Butch Cliner und Ned McKinney. Wenn das kein Grund ist, ihn auf der Stelle festzunehmen, dann weiß ich nicht.«

»Ich sage dir, dass Everett die ganze Zeit in meinem Office war.«

»Und davor?«

»Sarah war noch nicht lange tot, als Everett sie im Hotelzimmer fand.«

»Clearwater sagt da etwas anderes.«

Sam spürte einen Stich im Herzen. Die Schlinge um den Hals seines Freundes zog sich immer enger zusammen. »Was sagt der Doc denn?«, fragte er vorsichtig nach, Schlimmes ahnend.

»Sarah Tracey wurde die Kehle durchgeschnitten, bevor der Deputy dich im Office aufsuchte!«

»Das ist gelogen!«, empörte sich Sam. »Everett war den ganzen Nachmittag und die halbe Nacht bei mir. Sarahs Leiche sah nicht aus, als hätte sie bereits viele Stunden im Hotelzimmer gelegen!«

Clifford Preyer zupfte an der schwarzen Seidenbinde, die er am Kragen seines rüschenbesetzten weißen Hemdes trug. »Ich glaube kaum, dass die Geschworenen dem Urteil eines medizinischen Laien mehr Gehör schenken, als einem Arzt. Meinst du nicht auch?«

Der Marshal schluckte die Wut hinunter, die sich in ihm aufstaute. Seine Gedanken rasten.

»Was ist mit dir los, Sam?«, versuchte ihn der Town Major auf die Sprünge zu helfen. »Deckst du Waco, weil er dein Freund ist?«

Doolin sprang so schnell auf, dass der Stuhl hinter ihm mit einem lauten Knall zu Boden krachte.

»Glaubst du ich, würde einen Mädchenmörder decken? Everett ist unschuldig!«

Nun stand auch Preyer auf. Er war gleich groß wie sein Gegenüber. »Ich glaube gar nichts, Sam! Aber wir haben ein totes Mädchen und zwei Zeugen, den Nachtportier und den Arzt, die der Version deines Freundes widersprechen. Hinzukommen Cliner und McKinney. Also tu endlich deine verdammte Pflicht und buchte den Fremden ein!«

»Wie viel bekommst du von den Mannings?«, fragte der Marshal unverfroren.

Die Worte, die ihm entgegengeschleudert wurden, stießen dem Bürgermeister sauer auf. »Verflucht noch mal, was willst du damit sagen?«

»Dass dich die Brüder gekauft haben!«

Preyer nahm seinen Zylinder von der Tischplatte. »Das muss ich mir nicht bieten lassen, Sam! Du verkennst wohl, wer hier in der Stadt den Ton angibt!«

»Du schon lange nicht mehr! Du bist genauso zu einer Manning-Marionette geworden, wie viele andere auch!«

Der Bürgermeister wandte sich ab. Mit schnellen Schritten ging er durch den Flur, schenkte Eve, die bleich im Nebenraum stand und ihm nachstarrte, keinerlei Beachtung. An der Tür drehte sich er noch einmal zu Sam um.

»Entweder du verhaftest Waco wegen Mordes an Sarah Tracey oder der Stadtrat wird dich Ende der Woche als Town Marshal absetzen! Es liegt ganz bei dir!«

»So ist recht, Cliff. Aber ich nehme keine Befehle von einem gekauften Bürgermeister an«, erwiderte Sam höhnisch. » Wenn ihr mich aus dem Amt jagen wollt, nur zu. Doch ich werde den Teufel tun einen unschuldigen Mann hinter Gitter zu bringen, nur weil die Mannings es so wollen. Das kannst du den Lakaien des Stadtrates ausrichten! Und nun verlasse mein Haus!«

*

Noch immer war Waco von dem kaltblütigen Mord an Sarah tief erschüttert. Die Wut auf den oder die Täter kam wieder in ihm hoch, doch er musste einen kühlen Kopf bewahren.

Allerdings durfte er nicht darauf warten, dass korrupte Stadtpolitiker, Richter oder Geschworene ihn für ein Verbrechen an den Galgen bringen würden, das er nicht begangen hatte. Deshalb wollte er auf eigene Faust die schreckliche Bluttat aufzuklären, auch ohne Stern. Das glaubte er Sarah schuldig zu sein. Zudem war er überzeugt davon, dass Angels Entführung unmittelbar damit zusammenhing. Er würde alles dafür tun, dass sie nicht das gleiche Schicksal erlitt wie das Barmädchen.

Natürlich war ihm klar, dass er im Visier der Manning-Brüder stand. Umso vorsichtiger musste er sein. Sam hatte er in seine Pläne nicht eingeweiht. Sein Freund sollte wegen Mitwisserschaft nicht noch mehr Probleme bekommen, als er ohnehin schon hatte.

Wie nicht anders zu erwarten blieb Tom Holcroft, der Nachtportier seinem Arbeitsplatz im Del Norte-Hotel fern. Wohl aus Furcht davor, der Waco könnte ihn sich vorknöpfen. Die Mannings hatten an alles gedacht.

Der Mann, der erst vor wenigen Tagen nach El Paso gekommen war und nun sprichwörtlich bis zum Hals in Schwierigkeiten steckte, wechselte seine Unterkunft und stieg nun im Paradiso-Hotel ab. Er fühlte sich hier zwar nicht unbedingt sicherer, aber er wollte nicht weiter in einem Zimmer übernachten, in dem Sarah getötet worden war. Zudem hatte er das Angebot Sams ausgeschlagen, bei ihm und Eve unterzukommen, um Gerüchten vorzubeugen, sie würden einen »Mädchenmörder« beherbergen.

Der Coliseum Saloon blieb weiterhin geschlossen. Deshalb wollte Everett Nachforschungen auf der Manning-Ranch anstellen. Selbst wenn er die Stadt nicht verlassen sollte und auch nicht wusste, wie ihm dies unbemerkt gelang. Denn Sam war bereits auf dem Weg dorthin.

Waco ging zum Mietstall hinüber, indem er seinen schwarzen Hengst untergestellt hatte. Das Tor stand offen, vom Stallmann keine Spur.

Staubpartikel tanzten in den Lichtbahnen, die wie gleißende Speere durch die zahlreichen Lücken in den Bretterwänden fielen. Die Luft war stickig. Nur wenige Boxen waren mit Tieren belegt. In der hinteren Reihe schnaubte sein Pferd, das seinen Herrn gewittert hatte.

Waco ging an den hölzernen Rahmenkonstruktionen vorbei, als er ein verräterisches Geräusch vernahm. Es kam seitlich von ihm aus der Ecke der Stallung.

Ein metallisches Klicken …

Der große Mann mit der Wildlederkleidung reagierte instinktiv. Kurz bevor die Schussdetonation durch die Scheune krachte, hechtete er mit einem gewaltigen Satz neben einen Futtertrog. Nur um Haaresbreite entkam er der Kugel.

Die Gäule wieherten laut auf, trommelten mit ihren Hufen gegen die Boxenwände.

Waco zog seinen Peacemaker, kniff die Augen zusammen, versuchte, im diffusen Licht den Heckenschützen auszumachen. Allerdings schien dieser nicht alleine zu sein, denn gleich darauf peitschten zwei Schüsse aus der anderen Richtung auf. Die Geschosse schlugen vor Waco in den Futtertrog ein. Pulverdampf zog durch den Verschlag, der die Pferde noch wilder machte.

Waco rollte in eine leere Box hinein. Neben ihm ragte eine morsche Leiter auf, die auf den Heuboden führte. Durch einen Spalt in den Brettern rieselte Sägemehl hindurch. Als er nach oben schaute, starrte er direkt in eine

Gewehrmündung, die auf der Bodenritze angelegt war. Sekundenbruchteile nur und der Schütze, der ihn zweifellos im Visier hatte, würde abdrücken.

Waco zögerte keine Sekunde, sondern zog selbst durch. Das heiße Blei aus dem Colt Single Action Army durchschlug das Brett, traf den Mann über ihm in direkt in die Stirn. Wie vom Blitz gefällt krachte er mit einem lauten Poltern auf den Heuboden.

Notgedrungen hatte Waco damit seine Position verraten. Der zweite Schütze deckte den Verschlag, in dem er sich befand, mit einem wahren Kugelhagel ein. Wie wütende Hornissen surrten die Projektile durch die Luft, hakten in die Holzwände und rissen große Späne heraus.

Als sein unsichtbarer Gegner nachladen musste, hastete Waco geduckt aus der Pferdebox, suchte Deckung hinter einer ausrangierten Cannerow-Kutsche, die hier abgestellt war. Seine Augen durchsuchten das Halbdunkel.

Da! An der an der rechten Stallwand unweit des Tores sah er einen Schatten, der gleich darauf wieder verschwand. Waco wusste nun, in welche Richtung sich der Schütze bewegte, der ihn hinterrücks überraschen wollte. Diesen Gefallen würde er ihm allerdings nicht tun. Ganz im Gegenteil – er erwartete ihn.

Als die massige Gestalt zwischen zwei Pferdeboxen hindurch schlich und an der Kutsche vorbeikam, stieß ihm Waco unverhofft den Peacemaker in die Niere.

»Lass dein Schießeisen fallen!«, knurrte er dicht hinter ihm.

Der Mann erstarrte, als hätte man ihn in Blei gegossen. Seine Hände öffneten sich, die Winchester fiel zu Boden. Waco riss ihn an den breiten Schultern zu sich herum. Das mit tiefen Faltenlinien zerfurchte, unrasierte Gesicht des Schützen wirkte so hart wie eine Holzschnitzerei. Seine braunen Augen funkelten trist.

Waco kannte ihn nicht, glaubte aber ihn im Coliseum Saloon gesehen zu haben.

»Warum wollt ihr mich umlegen?«, fragte er gerade heraus.

Der Mann starrte ihm dumpf entgegen, ohne etwas zu erwidern.

»Haben euch die Mannings geschickt?«, versuchte es Waco noch einmal. Doch sein Gegenüber schwieg weiter.

»Nun gut, dann marschieren wir rüber ins Marshal's Office, vielleicht fällt es dir hinter Gittern wieder ein …«

Unvermittelt machte der Schütze einen schnellen Schritt zur Seite, zog gleichzeitig seinen Colt und drückte ab. Die Schussdetonation zerriss beinahe ihre Trommelfelle.

Everett entging der Kugel nur, weil er sich rechtzeitig wegduckte und sich so aus der Ziellinie brachte. Sein Blei hingegen traf den Schießer in die Brust, schleuderte ihn hart gegen die Stallwand. Die Waffe entfiel seinen kraftlos gewordenen Fingern. Fast ungläubig starrte er auf das kreisrunde Einschussloch auf der rechten Seite seines Hemdes, dann knickten seine Beine weg. Noch bevor er auf dem Heuboden aufschlug, war er bereits tot.

Waco steckte den Peacemaker ins Holster zurück und sah auf den Toten hinab. Er musste Sam über die Schießerei informieren.

Die Manning-Bande hatte Angel entführt, Sarah ermordet, ihm eine Falle gestellt und nun auch noch in einen Hinterhalt gelockt. Jetzt wurde es endlich an der Zeit, sich die Brüder persönlich vorzuknöpfen!

*

»Deine Befugnisse als Town Marshal enden an der Stadtgrenze, Doolin! Hier draußen hast du nichts zu melden!« Jim Manning sprach mit leichtem Spott in der Stimme. Seine drei Brüder, die neben ihm vor dem Eingang des Ranchhauses standen, grinsten wild.

Sam Doolin zog sich die Krempe seines Stetsons tiefer in die Augen, um nicht von der grellen Morgensonne geblendet zu werden, die als weißer Fleck am Himmel stand.

»Ich bin mir meiner Befugnisse durchaus bewusst! Allerdings ermittle ich in einem Entführungsfall und einem Mord. Beide ereigneten sich in der Stadt, in der ihr einen Saloon besitzt!«

»Na und?« Jim Manning sah den Sternträger mit grimmigem Gesicht an.

»Ist Angel Reno auf eurer Ranch?«, fragte Sam gerade heraus, obwohl er die Antwort schon kannte.

»Natürlich nicht, Marshal!« Felix Manning machte einen Schritt von der Veranda auf den Reiter zu. »Und jetzt verschwinde hier! Oder schaffe den verdammten County-Sheriff her, zu dessen Amtsbereich unsere Ranch gehört!«

Bevor Sam etwas darauf entgegnen konnte, wandte sich Jim an seinem Bruder: »Halt dich zurück, Felix! Wir haben nichts zu verbergen! Der Marshal kann sich in Ruhe umschauen, wenn er will!«

Der so gerügte Blondschopf spuckte vor Doolins Pferd aus, schwieg aber.

Sam schwang sich aus dem Sattel. Er bedauerte es, alleine hergekommen zu sein. Doch seit er seinem Freund Everett den Stern abgenommen hatte, wollte niemand sonst den Job eines Deputy annehmen. Die Männer von El Paso waren feige. Und darum stand er einsam gegen die ganze Meute.

Theatralisch breitete Jim Manning seine muskulösen Arme aus. »Das Gesetz ist auf unserer Ranch immer willkommen! Ich werde dich durchs Haus, die Nebengebäude und die Stallungen führen, Marshal.«

Nach knapp einer Stunde war die Inspektion zu Ende. Wie nicht anders zu erwarten, fand Doolin nirgends auch nur die geringste Spur von Angel.

»Was ist mit dem Coliseum Saloon?«, fragte der Town Marshal, als er mit den Mannings wieder auf der Veranda ihres großen Ranchhauses stand.

»Den haben wir vorübergehend geschlossen, nachdem dein Deputy ... dein ehemaliger Deputy, einen unserer Männer getötet hat!« Die letzten Worte spie Jim geradezu vor Verachtung aus.

»Keanu hat hinterrücks auf ihn geschossen. Das war ein heimtückischer Mordanschlag. Everett Waco hat in Notwehr gehandelt«, gab Sam wütend zurück. »Und was Notwehr ist, das wisst ihr nach letzten beiden Gerichtsverhandlungen wohl genau!«

Der große, stämmige Mann mit den dunklen Haaren und den gleichgültigen Augen räusperte sich nur.

Sam schwang sich in den Sattel. »Wo sind eigentlich McKinney und Butch Cliner?«

»Irgendwo in der Stadt, Marshal! Sie brauchen keine Rechenschaft abzulegen, wohin sie gehen. Vielleicht besaufen sie sich in einem der anderen Saloons«, antwortete Jim Manning, nachdem er einen schnellen Blick mit seinen Brüdern gewechselt hatte.

»Wie auch immer, ich erwarte, einen von euch am Nachmittag vor dem Coliseum, damit er mir aufsperrt. Ich will euren Saloon ebenfalls unter die Lupe nehmen!« Nach diesen Worten gab Doolin seinem Pferd die Sporen, um zurück in die Stadt zu reiten.

Die Gesichter der Mannings waren wie aus Stein gemeißelt. Sehr wohl wussten sie, wo sich Blood Beard und Cliner aufhielten. Und was sie vorhatten.

»Wenn der Plan glückt, dann wird Doolin keine Lust mehr haben, im Coliseum herumzuschnüffeln«, sagte Jim.

Die Brüder lachten hämisch, während sie dem Marshal nachsahen, bis er schließlich von einer Staubwolke verschluckt wurde, als hätte es ihn nie gegeben.

*

Jeden Tag musste Eve Ambler damit rechnen, dass Sam nicht mehr nach Hause kam, weil er irgendwo tot im

72

Straßenstaub lag. Seit Dallas Stoudenmire erschossen worden war, spitzte sich die Lage in El Paso immer weiter zu. Erst recht, als ihr Verlobter die beiden Mörder verhaftet hatte. An ein ruhiges Leben war nicht zu denken. Und dennoch wollte sie den Mann heiraten, den sie mehr als alles andere liebte und das, obwohl sich Sam in letzter Zeit verändert hatte. Er kam einfach nicht darüber hinweg, dass Jim und Felix Manning von einer korrupten Jury von dem Mordvorwurf am US-Deputy Marshal freigesprochen worden waren. Dann die schreckliche Tat an dem jungen Barmädchen, die Entführung von Angel, die Suspendierung seines Freundes und der seltsame Besuch von Town Major Clifford Preyer. All das setzte ihm arg zu.

Sobald Eve an Angel dachte, war es ihr, als würde eine unsichtbare Faust ihr Herz zudrücken. So lange, bis sie beinahe keine Luft mehr bekam. Hank, der Vater ihrer Freundin, hatte sich mit seinem Schmerz in seinem Heim verkrochen. Eve mochte den Store-Besitzer, selbst wenn er kein mutiger Mann war. Aber nicht alle konnten so sein wie Sam oder sein Freund Waco.

Die junge Frau betrachtete ihr Gesicht im Spiegel. Es hatte die Farbe von poliertem Elfenbein. Ihr schulterlanges kirschrotes Haar bildete einen Kontrast dazu. Die jadegrünen Augen schienen um einige Schatten dunkler, der vollgeschwungene Mund etwas verkniffener. Ein Grübchen hatte sich in ihr leicht eckiges Kinn gegraben.

In den letzten Wochen bin ich um zehn Jahre gealtert!

Eve wandte sich von ihrem Spiegelbild ab, nahm den Weidenkorb vom Küchentisch und verließ das Haus. Obwohl ihr Sam eingetrichtert hatte, nicht hinauszugehen, wollte sie Hank Reno eine kleine Freude machen. Ihm mit einem frischgebackenen Kuchen zeigen, dass er nicht alleine war und seine Tochter wieder zurückkam. Das jedenfalls hoffte sie.

Sam war auf dem Weg zur Manning-Ranch. Er wollte herauszufinden, ob und was die Brüder über die Entführung wussten und auch ihre Räumlichkeiten durchsuchen. Gerade deshalb war Eve halb krank vor Sorge, hielt es in den eigenen vier Wänden nicht länger aus. Sie musste etwas tun, um nicht verrückt zu werden!

Bis zum Anwesen der Renos war es nicht weit. Die Main Street in nördlicher Richtung hinauf, dann konnte man das kleine Holzhaus am Stadtrand schon erkennen.

In der sengenden Mittagssonne lag die Stadt wie ausgestorben da. Der heiße Wüstenwind wehte Staubfahnen über die hitzeflimmernde Straße. Weder Passanten noch Reiter waren zu sehen. Auch Eve bewegte sich fast ausschließlich in den Schatten der Vordächer. Als sie an Renos Store vorbeikam, sah sie das Schild closed an der Eingangstür. Wieder dachte sie an Angel, verspürte einen Stich. Sie wollte sich gar nicht ausmalen, was ihre Freundin gerade durchmachte. Und sich vor allem nicht das Schlimmste vorstellen.

Mit einem leisen Seufzer ließ die hübsche Rothaarige die Gemischtwarenhandlung hinter sich, überquerte die Fahrbahn und steuerte auf Hanks Haus zu.

Plötzlich klang donnernder Hufschlag auf. Ein Zweispänner mit struppigen Pferden im Geschirr und zwei maskierten Männern auf dem Kutschbock raste heran. Die Wagenräder knirschten durch den Sand.

Ehe es sich Eve versah, sprang einer der Maskierten vom Sitz herunter. Er war groß und kräftig, packte sie an den Schultern und zerrte sie brutal auf die Pritsche des Wagens.

Eve kam nicht einmal mehr zum Schreien, denn schon donnerte die Kutsche wieder davon. Nur noch der Korb mit dem Kuchen für Hank Reno blieb auf der Straße zurück.

*

Bereits von Weitem entdeckte der junge Town Marshal die Menschenmenge, die sich trotz der Mittagshitze am Stadtrand versammelt hatte. Aufgeregt diskutierten die Leute miteinander.

Sam Doolin, der soeben von der Manning-Ranch zurückkehrte, befiel ein ungutes Gefühl. Es verstärkte sich noch, als er in die empörten Gesichter der Bürger von El Paso blickte, die augenblicklich verstummten, als er sein Pferd vor ihnen zügelte.

»Was ist hier los?«, fragte er in die Runde. Dabei fiel sein Blick auf den Korb mit dem Kuchen, der im Straßenstaub lag und ihm seltsam bekannt vorkam. Trotz der Mittagshitze rieselte eine Gänsehaut über seinen Nacken.

Die Anwohner blieben stumm, starrten beschämt zu Boden.

»Raus mit der Sprache, Burt!«, herrschte Doolin den Barbier an, der ihm am nächsten stand.

Burt Kitchner sah gequält zu ihm auf. »... Eve ... ist ... entführt worden ...«, kam es stockend über seine Lippen.

Mit aller Kraft hielt sich Sam am Sattelholm fest, schloss für einen Moment die hellen Augen. Ein kurzes Schwindelgefühl überfiel ihn, dann war es wieder vorbei.

»Von wem?« Sein gezwirbelter Schnurrbart zitterte bei diesen Worten genauso wie er selbst.

Inzwischen bildeten die Bürger der Stadt, die sich um diese Zeit versammelt hatten, einen Halbkreis um den Marshal.

»Wir wissen es nicht, Sam«, antwortete der Barbier. Die Kidnapper, die Eve in die Kutsche zogen, waren maskiert. Alles ging so schnell ...«

»Und das am helllichten Tag, diese verdammten Mistkerle«, knurrte Todd Horrance, der Schmied. Er gehörte genauso wie Kitchner zur Geschworenen-Jury.

»In welcher Richtung sind sie verschwunden?" Sams Hals war rau, seine Stimme nicht mehr als ein Krächzen. Der Schweiß stach in seinen Augen.

»Nach Nordwesten«, antwortete Burt.

Ohne ein weiteres Wort zu verlieren, riss Sam sein Pferd herum und gab ihm die Sporen. Als er die Stadt hinter sich gelassen hatte, kamen ihm zwei Reiter entgegen. John und Frank Manning. Sie zügelten ihre Gäule vor ihm.

»Wir müssen mit dir reden, Doolin!« Frank, der größte und stämmigste der Brüder sah von seinem riesigen Braunen geradezu auf den Marshal herab.

»Ich war doch erst bei euch! Oder hat es etwas mit Eve zu tun?«

»Hör einfach zu, was wir dir zu sagen haben!«, mischte sich nun der kleine, hagere, blonde John ein.

»Spuckt's schon aus, verflucht!«

»Du wirst Waco wegen Mordes an Sarah Tracey verhaften und einknasten!«, entgegnete Frank ungerührt. »Wenn nicht, weißt du, was geschieht!«

Sams Sorge um seine Verlobte wurde übergroß in ihm. »Was soll das heißen?«

»Wir haben deine Braut und Hanks Flittchentochter!«

Frank Mannings Worte waren noch nicht verklungen, als Sams Rechte schon zum Kolben seines Colts zuckte.

Allerdings war der blonde John bereits darauf gefasst und richtete die Mündung seiner Waffe auf ihn. »Nur die Ruhe Marshal! Du willst doch hier draußen nicht Futter für die verdammten Aasgeier werden!«

Sam verharrte mitten in der Bewegung. Das Schlimmste für ihn war nicht diese Demütigung, sondern die ohnmächtige Wut, dass alles hatte soweit kommen müssen! Mit seinem entschiedenen Vorgehen gegen die Mannings hatte er Eve geradezu in ihre Hände gespielt. Genauso wie die verfluchten Bastarde Hank Reno mit der Entführung seiner Tochter einschüchterten, versuchten sie es nun auch mit ihm. Das freiwillige Zugeständnis, ihre Ranch zu durchsuchen, war lediglich eine Farce gewesen, um Zeit zu schinden, bis er wieder in der Stadt war.

»Sieh das so, Doolin«, führte Frank weiter aus, als sei der Reiter vor ihm ein kleines Kind. »Wir wollen nur, dass ein Mädchenmörder seine gerechte Strafe erhält und du dein familiäres Glück. Du willst doch, dass Eve bald zu dir zurückkommt und ihr heiraten könnt oder nicht?«

»Ihr widerlichen Hurensöhne«, knirschte Sam zwischen den Zähnen hervor. »Wenn ihr Eve oder Angel auch nur ein Haar krümmt …«

»Du bist gewiss nicht in der Lage, uns zu drohen!«, entgegnete Frank ungerührt. »Du wirst Waco hinter Gitter bringen, und zwar noch heute!«

Sam blickte die beiden Brüder abwechselnd an. Dann zog er wortlos sein Pferd herum und preschte in die Stadt zurück. Seine Gedanken überschlugen sich. Sollte sein Freund weiter auf freiem Fuß bleiben, würde er Eve nie wieder sehen. Andererseits konnte Everett angesichts der korrupten Geschworenen auch nicht für einen Mord, den er nicht begangen hatte, am Galgen enden.

Als der Marshal El Paso erreichte, hatte sich die Menschenmenge auf der Main Street längst aufgelöst. Eves Kuchenkorb war ebenfalls weg.

Sam ritt zu seinem Office hinüber. Als er von seinem Pferd absaß, rief ihn eine Stimme an.

»Du bist schon zurück?« Es war Everett, der seinen schwarzen Hengst am Zügel führte und nun vor ihm stehen blieb. »Ich wollte soeben auf die Manning-Ranch rausreiten aber im Mietstall lauerten mir zwei Killer auf. Ich konnte sie erledigen …«

»Sie haben Eve entführt!«, fuhr ihm Sam barsch ins Wort, als hätte er ihn nicht gehört.

»Was sagst du da?«

»Diese Bastarde haben nicht nur Angel, sondern auch Eve in ihrer Gewalt! Sie wollen, dass ich dich wegen Mordes an Sarah Tracey einbuchte!«

Waco trat ganz nah an seinen Freund heran. »Das ist doch nicht dein Ernst, Sam! Wir müssen herausfinden, wohin die Frauen verschleppt wurden …«

»Nein, Everett!«, unterbrach ihn Doolin. »Wir tun gar nichts! Ich werde Eves Leben nicht riskieren! Gib mir deine Waffe!«

»Sam …«

Unvermittelt zog der Marshal seinen Colt und richtete ihn auf seinen Freund. »Es tut mir leid, Everett! Aber ich muss dich wegen Mordes an Sarah Tracey verhaften!«

*

Schon am nächsten Tag wurde Waco vor Gericht gestellt. Wohl auf Anweisung der Manning-Brüder. Denn nie in der Geschichte von El Paso war so eilig ein Geschworenengericht einberufen worden. Selbst Richter Tim Bean war das in seiner langjährigen Laufbahn noch nicht untergekommen.

Sam, der Waco in Handschellen zum Gerichtsgebäude hinüberführte, wagte es nicht, seinem Freund in die Augen zu sehen. Es tat ihm in der Seele weh, ihn so überrumpelt zu haben. Aber die Sorge um seine Verlobte blendete alles andere aus. Wenn Eve etwas zustieß, war er dafür verantwortlich. Er wusste, dass diese Schuld ihn sein ganzes Leben lang begleiten und er daran zerbrechen würde. Zunächst musste sie in Sicherheit sein. Ebenso wie Angel. Hinterher konnte er sich um Everett kümmern. Er hoffte, dass es dann nicht zu spät war.

Außer den Verfahrensbeteiligten war an diesem Tag niemand im Gerichtssaal anwesend. Es schien fast so, als ob die Bürger von El Paso die Verhandlung seit der Entführung von Angel und Eve boykottierten.

Als Zeugen wurden der Nachtportier des Del Norte-Hotels, Tom Holcroft sowie Ned McKinney und Butch Cliner berufen. Sie bestätigten einhellig, dass sie in der Tatnacht Waco bei Sarah Traceys Leiche gesehen hatten. Zudem sagte der Hotelangestellte aus, dass dieser als Letzter mit dem Barmädchen auf seinem Zimmer zusammen gewesen war. Und zwar zu der Zeit, als sie noch lebte. Eine perfekt arrangierte Intrige.

Nach den Zeugenaussagen zogen sich die Geschworenen zur Beratung zurück. Wie bei den beiden vorangegangen Verhandlungen gegen Jim und Felix Manning stand ihre Entscheidung schon längst fest.

Waco machte sich nichts vor. Er würde schuldig gesprochen werden. Seine Aussage reichte nicht aus, um die Beobachtungen der Zeugen zu entkräften, die diese unter Eid bestätigten. Zudem taugte sein Pflichtverteidiger, der garantiert auf der Lohnliste der Mannings stand, nicht die Bohne. Trotz allem glaubte er aber nicht, dass Sam ihn im Stich ließ.

Als er seinem Freund, der neben der Eingangstür des Gerichtsgebäudes auf die Jury wartete, jedoch einen Blick zuwarf, wandte dieser sich schnell ab. Nun bekam Waco doch ein mulmiges Gefühl im Magen.

Die Geschworenen kamen zurück. Hank Reno hatte die Rolle als Sprecher der Jury an Burt Kitchner, den Barbier abgegeben. Es war ihm anzusehen, wie sehr er unter dem Eindruck der Entführung seiner Tochter litt. Auch er hatte sich bestimmt nicht für den Angeklagten ausgesprochen, denn die Entscheidung der Jury musste einstimmig sein. Wenn Hank ausscherte, würde er Angel nie wieder sehen.

Waco beobachtete, wie sich Kitchner von der Bank erhob. Neben ihm blickte Todd Horrance, der Schmied, betroffen an die rissige Decke.

»Hohes Gericht, Euer Ehren«, wandte sich der Barbier an den untersetzten, beleibten Richter, der sich soeben mit den Fingern durch den dichten, weißen Bart fuhr.

»Wir, die Geschworenen sind einstimmig zu der Überzeugung gelangt, dass der Angeklagte Waco das Barmädchen Sarah Tracey in der Nacht zum 27. September 1882 im Del Norte-Hotel erstochen hat!«

Wie ein Fallbeil standen die Worte im Raum. Der Jury-Sprecher holte tief Luft, bevor er fortfuhr. »Die Aussagen der … der unabhängigen Zeugen … belegen diesen Entschluss. Niemand anders kommt als Täter infrage. Weder der Nachtportier, Tom Holcroft, noch die zu dieser Stunde zufällig anwesenden Ned McKinney und Butch Cliner haben einen Dritten gesehen.«

Abrupt verstummte Kitchner und nahm neben Hank Reno auf der Geschworenenbank Platz. Der Store-Besitzer schüttelte nur stumm den Kopf.

Die Augen hinter dem Kneifer des Richters verengten sich zu schmalen Schlitzen, als sie sich auf Waco richteten. Für einen Moment schien es so, als entweiche seinem untersetzten, beleibten Körper jegliche Kraft. Doch dann straffte sich seine Gestalt wieder.

»Das hohe Gericht erlässt folgendes Urteil!«, schmetterte er mit fester Stimme in den Gerichtssaal. »Der Angeklagte wurde von der Geschworenenjury einstimmig für schuldig befunden. Deshalb verurteile ich Everett Waco wegen Mordes an Sarah Tracey zum Tod durch den Strang!«

*

Bodenlose Dunkelheit, atemlose Stille und eine Luft, so schal und dick wie Sirup. Das waren die ersten Eindrücke, die Angel Reno mit ihren Sinnen erfasste, als sie aus der tiefen Bewusstlosigkeit erwachte. Sie lag auf dem Rücken. Der Boden war hart.

Es dauerte eine halbe Ewigkeit, wie ihr schien, bis ihre Erinnerung zurückkam: die Maskierten, die sie aus ihrem Heim entführt hatten. Der Reiter, auf dessen Pferd sie saß, der ihr mit den Kolben seines Colts eins übergebraten hatte, sodass alle Lichter bei ihr ausgingen …

Bei diesen Gedanken flammte der Schmerz an ihrem Hinterkopf neu auf. Instinktiv fasste sie sich an die Beule unter den blutverkrusteten Haaren. Plötzlich war die Angst so übermächtig in ihr, dass sie dem Drang zum Schreien nachkommen wollte. Doch im letzten Moment beherrschte sie

80

sich. Sie würde den Teufel tun, ihren Entführern gegenüber Schwäche zu zeigen!

Als Angel an ihren Vater dachte, bekam sie ein flaues Gefühl im Magen. Wahrscheinlich kam vor Sorge um sie beinahe um.

Und Waco? Er und Sam setzten bestimmt schon alle Hebel in Bewegung, um sie zu finden. Da war sie ganz sicher. Solange hieß es, durchzuhalten.

Angel richtete sich auf und tastete wie eine Blinde im Dunkeln mit den Händen umher. Plötzlich stießen ihre Finger gegen etwas Warmes, Weiches. Dann erfühlte sie Haare.

Jemand lag neben ihr!

Für einen Moment verkrampfte sie, so als hätte sie in eine Grube voller Klapperschlangen gefasst. Als sie die Luft anhielt, vernahm sie leises Atmen.

Vorsichtig beugte sich Angel zu der Gestalt hinunter, fuhr über ihren bekleideten Oberkörper. Es handelte sich um eine Frau.

»Hallo?«, raunte sie nahe an ihrem Ohr. Doch keine Reaktion. Sie strich ihr übers Gesicht, kitzelte sie an den Wangen und erhielt als Antwort ein fast unhörbares Stöhnen.

»Hallo?«, wiederholte Angel gedämpft.

Es dauerte eine Weile, bis die Frau zu sich kam. Als sie die zaghafte Stimme hörte, fragte sie leise: »Angel?«

Die Angesprochene glaubte, sich verhört zu haben.

Neben ihr lag – Eve!

Die beiden Freundinnen umarmten sich zitternd. Sie weinten vor Rührung, Angst und Freude. Als sie sich einigermaßen beruhigt hatten, erzählten sie sich im Flüsterton, wie sie entführt worden waren. Für sie schien klar, dass die maskierten Kidnapper zur Manning-Bande gehörten.

»Zunächst müssen wir feststellen, wo wir eigentlich sind«, meinte Angel. Sie standen auf, stützten sich gegenseitig dabei. Der leichte Schwindel, der sie erfasste verging gleich wieder. Weiter hinten sahen sie einen schwachen

Lichtschein in der Finsternis, der gerade mal so groß wie ein Dollarstück war. Ein Schlüsselloch!

Die beiden Frauen bewegten sich vorsichtig darauf zu. Jeden Moment rechneten sie damit, gegen irgendwelche Möbelstücke zu stoßen. Doch der Raum, in dem sie gefangen waren, schien leer zu stehen.

An der Tür angekommen, verharrten sie, pressten ihre Ohren an das hölzerne Türblatt. Schwere Schritte näherten sich, die sogleich verstummten. Zwei Männer unterhielten sich gerade so laut miteinander, dass Angel und Eve jedes einzelne Wort verstehen konnten.

»Die Jury hat diesen Bastard für schuldig befunden!«, sagte einer von ihnen.

Und der andere: »Dann wird dieser Waco schon bald am Galgen baumeln!«

Als Angel das hörte, biss sie sich in die Handknöchel, um nicht laut aufzuschreien. Sie konnte es kaum glauben.

Waco sollte hängen!

Diese Erkenntnis traf Angel so schwer, dass Tränen in ihre Augen stiegen.

Nun entfernten sich die Stimmen jenseits der Tür. Vermutlich gingen die Männer nach draußen.

Die beiden Frauen mussten sich gewaltsam zusammenreißen, um sich weiterhin so ruhig wie möglich zu verhalten. Ihnen wurde jetzt bewusst, dass die Manning-Brüder sie als Druckmittel benutzten.

Niemand sollte sich gegen sie auflehnen: weder Everett Waco noch Hank Reno oder Sam Doolin. Taten sie es doch, dann war das Leben von Angel und Eve keinen Cent mehr wert!

*

Waco wurde durch lautes Hämmern von draußen geweckt. Als er die Augen aufschlug, fiel sein Blick auf die gegenüberliegende Wand. In das Mauerwerk, das aus rohen

Adobeziegeln bestand, waren Reihen von Strichen geritzt. Zeugnisse vieler einsamer Tage und Nächte von Gefangenen, die vor ihm hier ausgeharrt hatten.

Die Zelle war gerademal drei Yards lang und zwei Yards breit. Insgesamt bestand das Town Jail aus vier Gitterzellen, die sich dem Marshal's Office anschlossen.

Durch das schmale vergitterte Fenster oben in der Querwand stachen Sonnenstrahlen, die die Schatten in den Ecken zurückdrängten. Schon früh am Morgen war es heiß und stickig.

Waco setzte sich auf der harten Holzpritsche auf und rieb sich den letzten Schlaf aus den Augen. Noch immer dröhnten die Hammerschläge von draußen zu ihm herein. Ebenso laute, empörte Rufe. Er stieg auf den Schemel, der vor der Wand stand, um nachzusehen, was da los war. Als er durch die Gitterstäbe des winzigen Zellenfensters auf die sonnenhelle Plaza blickte, presste er die Zähne zusammen.

Keine fünfzig Yards von ihm entfernt sah er Männer an einem Holzgerüst mit einem Querbalken hantieren.

Seinem Galgen!

Eine kleine Menschenmenge hatte sich vor dem Marshal's Office zusammengerottet. Sie bestand aus zwei Dutzend raubeinigen Cowboys, die ausschließlich zur Manning-Mannschaft gehörten und einhellig skandierten: »Hängt den verdammten Mädchenmörder!«

Die Männer waren engagiert worden, um Stimmung gegen Waco zu machen. Und um Aufsässige einzuschüchtern! Spätestens seit den Entführungen von Angel und Eve gärte es unter den Bürgern von El Paso. Ihr Verhältnis zu den Mannings samt ihren Handlangern basierte ohnehin nur auf Angst und Gewalt. Mit Wacos Tod sollte ein Exempel statuiert, die Anwohner wieder auf Linie gebracht werden. Selbst der Dümmste begriff dann, dass die Brüder keine Abweichler duldeten und ihre Machtansprüche sogar mithilfe des Rechts durchsetzen.

Tatsächlich wurde es eng für Waco. Nicht einmal in seinen kühnsten Träumen hätte er geglaubt, jemals in eine solche Lage zu geraten. Statt an der Hochzeit seines besten Freundes teilzunehmen, sollte er nun am Galgen enden! Wenn das keine Ironie des Schicksals war.

Nachdem er erneut einen Blick über die Plaza geworfen hatte, stieg er wieder vom Schemel herunter. Er hörte, dass der Marshal in sein Büro zurückkehrte, und stellte sich vor die Gitterstäbe. Die Tür, die das Office vom Jail abgrenzte, stand offen,

»He, Sam!«, rief Everett aus dem Zellentrakt zu ihm hinüber.

Doolin gab jedoch keine Antwort, sondern verkroch sich hinter seinem Schreibtisch.

»Verdammt, Sam! Willst du wirklich, dass ich morgen aufgeknüpft werde?«

Wieder blieb der Marshal stumm.

»Ich dachte, du bist mein Freund!«

Nun erhob sich Sam und trat mit gesenktem Haupt in den Zellentrakt. Er schien um Jahre gealtert. So hatte Waco ihn noch nie gesehen.

»Was soll ich nur tun?« Sam hob den Blick, schaute aber an dem Gefangenen vorbei. »Wenn ich dich freilasse, werden sie Eve töten!«

»Wir können eine Flucht vortäuschen …«

»Das wird nicht funktionieren. Mannings Leute überwachen das Jail. Hier kommt nicht einmal eine Maus raus, ohne dass sie es mitbekommen!«

»Dann musst du dafür sorgen, dass die Burschen für eine bestimmte Zeit verschwinden …«

»Sie haben Eve! Ich kann mich nicht auf irgendwelche Experimente einlassen!«

»Und du bist dir ganz sicher, dass die Mannings sie freilassen, sobald ich am Galgen baumle?«, fragte Waco spöttisch. Gleich darauf bedauerte er es.

Sam sah seinen Freund nun fest an. Tiefe Falten zogen sich wie ein Muster durch seine fahle, ansonsten so jugendlich wirkende Haut. Unter seine hellen Augen, in denen Sorge, Schmerz und Schuld standen, hatten sich dunkle Ringe gegraben. Er schien nur noch ein Schatten seiner selbst.

»Ich zermartere mir schon seit Stunde das Gehirn nach einem Ausweg, dich hier herauszuholen, ohne dass Eve oder Angel weiter in Gefahr geraten. Doch ich habe nicht die geringste Ahnung, wie ich das anstellen soll, Everett!«

*

Wie ein Häufchen Elend saß der greise Mann mit dem baumwollfarbenen Haar und dem maskenhaften Gesicht im Schaukelstuhl in seinem kleinen Wohnzimmer. Er starrte in die dunkle Mündung des alten Sharps-Karabiner Modell 1863, den er zwischen seine knochigen Knie geklemmt hatte. Jedes Mal, wenn er auf- und abwippte, scheuerte der Lauf seine Haut durch den Stoff der Lewisjeans.

Fast magnetisch zog das kreisrunde Mündungsloch Hank Renos Blick an, ließ ihn gänzlich in der Schwärze verlieren, wie ein verlöschender Stern in der Unendlichkeit.

Angel …

Nur der Name seiner Tochter beherrschte noch sein Denken. Alles andere hatte er ausgeblendet.

Angel …

Reno glaubte nicht mehr daran, dass die Mannings sie gehen lasse und wieder zu ihm zurückschicken würden. Denn selbst nachdem er getan hatte, was sie von ihm verlangten, war sie als Opfer einer Entführung gefährlich für sie. Sie war Zeugin einer Straftat. Deshalb würden die Brüder sie verschwinden lassen.

Und zwar für immer und ewig!

Plötzlich hielt der Storebesitzer mit dem Schaukeln inne, so als hätte er einen stummen Befehl dazu erhalten. Sein gesamter Körper versteifte sich.

Totenstille herrschte im ganzen Haus. Wie einer Grabkammer tief unter der Erde.

Langsam senkte der Alte sein bleiches Gesicht zum Lauf der Sharps hinunter und öffnete den Mund. Seine spröden Lippen umschlossen den kalten Stahl. Ein öliger, metallischer Geschmack breitete sich in seiner Mundhöhle aus, legte sich auf seine Zunge, drang die Kehle hinab bis zu seinem Innersten.

Schmeckt so der Tod?, fragte er sich.

Wie in einem Nebel saß Hank Reno da, weilte in einem Zustand, in dem er an tausend Dinge und in Wirklichkeit an nichts dachte. Eiseskälte kroch in ihn hinein, vertrieb jegliche Wärme. Die himmelblauen Augen standen voller Tränen, die seinen Blick trübten. Sein rechter Zeigefinger krümmte sich um den Stecher des Karabiners. Nur eine winzige Bewegung genügte, um den Druckpunkt zu überschreiten, der sein Leben vom Tod trennte, in dem er hoffte, all den Kummer, all die Sorgen und all die Feigheit für immer hinter sich zu lassen.

Angel …

In diesem Moment fiel im Durchzug des geöffneten Fensters der Fotorahmen auf der Kommode um, dass das Abbild seiner verstorbenen Frau Mary zeigte.

Reno zuckte so heftig zusammen, dass er vor Schreck beinahe den Stecher durchgezogen hätte. Er zitterte am ganzen Leib. Das Blut rauschte in seinen Ohren. Es dauerte Minuten, bis er sich wieder beruhigte.

Irritiert verharrte sein Blick auf dem Foto. Eine halbe Ewigkeit, wie es ihm schien.

Seine Frau hatte nicht nur ihre Schönheit an ihre Tochter weitergegeben, sondern auch ihre Güte, Herzenswärme und ihren Mut.

Mary – Angel …

Mutter und Tochter …

Unvermittelt ließ Reno den Karabiner los, gerade so als hätte er sich daran verbrannt.

Nein, das kann noch nicht alles gewesen sein!

Angewidert starrte er auf die Sharps am Boden. Ein Ruck ging durch seinen hageren Körper. Die mageren Schultern strafften sich.

Ächzend stemmte sich der alte Mann aus dem Schaukelstuhl hoch. Für einen Moment zitterten seine Beine. Dann hatte er sich gefasst und nahm das Gewehr wieder auf. Mit festen Schritten durchquerte er das Wohnzimmer und verließ das Haus.

Er wusste jetzt, was er zu tun hatte.

Ich werde um unsere Tochter kämpfen!, zuckte es durch sein Bewusstsein. Du kannst dich auf mich verlassen, Mary!

*

Als sich plötzlich gleißende Helligkeit durch die Finsternis fraß, schlossen die beiden Freundinnen für einen Moment die Augen. Es dauerte Sekunden, bis sie sich an die neuen Lichtverhältnisse in ihrem Verlies gewöhnt hatten.

Auf der Türschwelle zeichnete sich die Silhouette eines großen, breiten Mannes ab.

Ned McKinney.

In seinen Händen hielt er ein Holztablett, auf dem zwei Teller mit Eier und Speck sowie zwei Tassen Kaffee standen.

»Frühstück, ihr Hübschen!«, grollte er, trat in das Halbdunkel hinein und stellte das Servierbrett auf den Boden.

Von draußen wurde der Fensterladen geöffnet, sodass Sonnenstrahlen in den unmöblierten Raum hereinfielen.

»Wo sind wir?«, fragte Eve mit zitternder Stimme.

»Was spielt das für eine Rolle? Auf jeden Fall seid ihr hier gut aufgehoben! Niemand wird euch finden. Weder dein idiotischer Verlobter noch Angels altersschwacher Vater!« Blood Beard grinste böse. »Wenn es euch langweilig wird, dann könnt ihr euch mit mir vergnügen!« Mit diesen schlüpfrigen Worten ging McKinney wieder aus dem Zimmer hinaus und verriegelte hinter sich die Tür.

Angel und Eve sahen sich stumm an und schoben wie auf ein Kommando die Teller weit von sich. Keine von ihnen hatte Hunger. Sie wollten nur eines: von hier verschwinden.

Angel trat zum Fenster und warf einen Blick durch die verdreckte Scheibe. Vor sich sah sie einen Holzschuppen, den sie sofort erkannte. Schließlich kam sie jeden Tag auf dem Weg zum General Store an ihm vorbei, wenn sie ihrem Vater bei der Arbeit half. Der Verschlag gehörte zum Coliseum Saloon der Mannings. In ihm lagerten Bierfässer und Vorräte. Demnach mussten sie sich in einem Anbau der Trinkhalle befinden.

Eve war derselben Meinung. Nun wussten sie wenigstens, wo sie gefangen gehalten wurden: mitten in der Stadt, nicht weit vom Marshal's Office entfernt!

»Wir schlagen einfach die Scheibe ein und klettern hinaus«, schlug Angel vor, verstummte aber gleich darauf. Erst jetzt fielen ihr die beiden Männer mit den Gewehren auf, die die rückwärtige Seite des Anbaus bewachten. Einer von ihnen hatte wohl vorhin den Fensterladen geöffnet.

»So kommen wir hier nicht raus«, meinte Eve. Die Zuversicht, die für einen Moment in ihr aufgeflammt war, erlosch wie eine ausgeblasene Kerzenflamme. Sie stand kurz davor erneut in Tränen auszubrechen. Die Situation, in der sie sich befanden, schien hoffnungslos.

Angel nickte in Gedanken versunken. Nach einer Weile sagte sie: »Vielleicht gibt es doch einen Weg nach draußen!«

»Und welchen?«, fragte Eve, sich mühsam beherrschend ihre Fassung nicht zu verlieren.

Angel trat ganz nahe an sie heran und raunte ihr ihren Plan zu.

»Das kann ich nicht!«, empörte sich Eve gleich darauf. »Nie im Leben!«

»Aber du musst über deinen eigenen Schatten springen, sonst werden sie uns töten!«

Plötzlich hörten sie Stiefelschritte, die sich langsam näherten. Die Tür wurde entriegelt und McKinney erschien erneut. Dieses Mal mit einer Karaffe Wasser in der Faust.

»Nicht, dass ihr mir noch verdurstet, meine Hübschen ...«, säuselte er. Doch als sein Blick auf die beiden Frauen fiel, verstummte er. Er konnte kaum glauben, was er sah!

Eng umschlungen rekelten sie sich auf dem Holzboden. Angels Hände hatten Eves Rock weit hochgeschoben und streichelten sie sanft. Das nackte Fleisch ihrer Schenkel glänzte im ersten Morgenlicht.

Eves gerötetes Gesicht hingegen verlor sich zwischen den Hügeln der üppigen Brüste ihrer Freundin über ihr.

»Verdammt, was treibt ihr hier?« Blood Beard leckte sich die Lippen, stellte die Wasserkaraffe auf den Boden und trat ganz nahe an die Gefangenen heran. Beim Anblick der halb entblößten ineinander verschlungenen Leiber spürte er ein Ziehen in der Leistengegend.

Angel ließ von der Rothaarigen ab, sah McKinney mit einem Blick an, den er bei ihr noch nie wahrgenommen hatte. »Leg dich zu uns! Ein großer, starker Mann ist das, was uns gerade fehlt ...«

Der Glatzkopf konnte sein Glück kaum fassen. Die tierischen Triebe waren stärker als logisches Denken. Als er in die Knie ging, knacksten seine Gelenke. Plötzlich nestelten vier Hände an seiner Kleidung, knöpften sein Hemd auf und öffneten den Gürtel seiner Hose.

»Das wirst du nie wieder vergessen, McKinney!«, versprach Angel, während sie den Stoff ihrer Bluse vollends nach unten zog, sodass ihm ihre Brüste wie frische Melonen entgegensprangen.

»Wer hätte gedacht, dass hinter den braven Mädchen solche verfluchten Flittchen stecken!«, keuchte Blood Beard erregt. Er konnte sich kaum sattsehen an so viel nacktem Fleisch. Angels hoch angesetzter Busen, Eves schlanke Schenkel ... Er kam sich vor wie im Paradies.

Als sich Eve zu ihm hinab beugte, schloss er die Augen. Umso mehr wurde er aus seinen erotischen Fantasien gerissen, als er die kalte Mündung seines eigenen Revolvers am Hinterkopf spürte.

»Glaubst du wirklich, dass wir uns mit einem solchen Bastard wie dir einlassen?«, zischte Angel dicht an seinem Ohr. »Du bist purer Abschaum, Blood Beard! Nicht nur als Mensch, sondern auch als Mann!"

McKinneys Überraschung konnte kaum größer sein. »Das werde ich euch heimzahlen ...«

»Gar nichts wirst du! Nur ein Mucks und ich erschieße dich auf der Stelle!«

McKinney schwieg, schluckte seine Wut hinunter. Wie ein blutiger Anfänger war er in die Honigfalle der beiden Frauen getappt.

»Wie viele Männer sind hier?«, fragte Angel.

Als der Kopfgeldjäger nicht gleich antwortete, verstärkte sie den Druck der Mündung an seinem Schädel.

»Außer mir, noch zwei draußen. Und die Mannings im Schankraum«, sagte er heiser.

Das schien zu stimmen, passte die Angabe doch auch zu ihren eigenen Beobachtungen.

Für einen Moment schloss Angel die Augen, holte aus und hieb dem Mann den Lauf seines Revolvers über den Kopf. Mit einem dumpfen Ächzen kippte Ned McKinney besinnungslos seitlich zu Boden.

Die beiden Frauen erhoben sich und richteten ihre Kleidung. Eve zitterte wie Espenlaub. Die letzten Minuten waren die schlimmsten in ihrem bisherigen Leben. Erst die unfassbare Szene mit ihrer Freundin, dann das gewaltsame Ausschalten von Blood Beard. Das alles war zu viel für sie. Doch selbst eine Maus kämpfte, wenn sie keine andere Wahl mehr hatte. Und nun galt es, sofort von hier zu verschwinden.

Angel ging voran, Eve folgte ihr auf dem Fuß. An der Tür warfen sie einen Blick auf McKinney zurück, der jedoch keinen Mucks machte. Er befand sich im Land der Träume. Allerdings wussten sie nicht, wie lange.

Sobald sie auf den breiten Korridor hinaus huschten, schlug ihnen ein schaler Biergeruch und abgestandener Gestank nach kaltem Rauch entgegen. Der Saloonanbau war fest mit dem Hauptgebäude des Coliseums verbunden. Die Freundinnen eilten zum Hinterausgang, der zum Glück nicht verriegelt war. Vorsichtig zogen sie die Tür einen Spaltbreit auf und lugten hindurch. Die Luft war rein. Von den beiden Männern, die die rückwärtige Seite des Lagerschuppens bewachten, war nichts zu sehen.

Zögernd traten sie in die Morgensonne hinaus. Gewaltsam drängten sie die überwältigenden Glücksgefühle zurück. Denn noch hatten sie es nicht ganz geschafft.

Angel zog Eve mit einer Hand mit sich. In der anderen hielt sie weiter McKinneys Revolver. Sie spürte, wie aufgeregt ihre Freundin war, aber Zeit, sie zu beruhigen, blieb keine.

Atemlos blieben sie stehen, als sie sahen, dass die beiden Wachposten, die sie hinter dem Haus gesehen hatten, plötzlich um die Ecke kamen. Die Männer konnten sie von ihrer Position aus jedoch nicht sehen. Allerdings war nun der Weg hinüber zur Main Street abgeschnitten

»… McKinney hat sich von den Flittchen böse aufs Glatteis führen lassen«, sagte der eine.

»Bei der Aussicht auf eine gemeinsame Nummer mit ihnen hätte mir das auch passieren können«, meinte der andere.

Den Freundinnen wurde schnell klar, dass ihre Flucht bereits bemerkt worden war. Wahrscheinlich war Blood Beard schon aus seiner Bewusstlosigkeit erwacht und hatte Alarm geschlagen.

Sie mussten einen anderen Weg finden, um von den beiden Wachen nicht entdeckt zu werden.

»Die Täubchen wollen ausfliegen! Nur gut, dass wir noch rechtzeitig gekommen sind!«

Wie von Peitschenschlägen getroffen, zuckten Angel und Eve zusammen, als die harte, unerbittliche Stimme in ihrem Rücken aufklang.

Sie fuhren herum und erstarrten. Jegliche Zuversicht und Kraft wich aus ihnen. Selbst Angel war kurz vor einer Ohnmacht.

Vor ihnen standen mit gezogenen Waffen die vier Manning-Brüder. Und sie grinsten wie hungrige Wölfe.

*

»Wenn die Mannings davon erfahren, dann pusten sie uns in die Hölle!« Sean Clearwater, Doc und Leichenbeschauer von El Paso, schnaufte wie eine alte Dampflokomotive. Seine goldfarbenen Augen, die wie Nuggets über den feisten Wangen eingegraben lagen, funkelten ärgerlich.

Auf die dringende Bitte von Hank Reno hatte er sich genauso wie die übrigen vier Dutzend Männer an diesem Morgen im geräumigen Lagerraum des General Stores eingefunden. Allesamt waren sie bewaffnet. Seit den Entführungen von Angel und Eve hatten die meisten von ihnen ihre Ansichten geändert. Trotz ihrer Bedenken und ihrer Furcht. Zumindest wollten sie sich anhören, weshalb Hank sie in dieser Herrgottsfrühe herbestellt hatte.

Der hagere Store-Besitzer, der mit so viel Inbrunst agierte, dass die Männer ihn kaum wieder erkannten, ignorierte Clearwaters Einwand. Ihm blieb wenig Zeit, sie von seinen Plänen zu überzeugen.

»Ich brauche wohl nicht extra zu erwähnen, dass die Manning-Brüder und ihre Bande diese Stadt schon seit Monaten tyrannisieren. Jeder von euch kann ein Lied davon singen. Aber jetzt ist es so weit, dass sie auch noch unsere Frauen und Töchter kidnappen. Das können und dürfen wir uns nicht mehr gefallen lassen!«

»Angel ist deine Tochter, Reno", mischte sich der Doc erneut ein. »Und Eve die Frau des Marshals. Ihr habt euch

92

gegen die Mannings verschworen und das ist die Quittung dafür. Es ist nur recht und billig …«

»Halt dein Schandmaul, Clearwater, sonst vergesse ich mich!«, unterbrach ihn der Mann mit dem mächtigen Brustkorb und den kräftigen Oberarmen, der neben ihm gegenüber stand. Es handelte sich um Todd Torrance, den Schmied, der nun das Wort ergriff.

»Diejenigen unter uns, die heute hierstehen und zur zwölfköpfigen Jury gehören, haben großen Frevel begangen. Dazu zähle ich auch mich, denn ich bin ebenfalls ein Geschworener!«, grollte er mit tiefer Stimme. »Wir sprachen Jim und Felix Manning wegen Mordes an US-Deputy-Marshal Stoudenmire und seinem Schwager Cumming frei. Und befanden Waco für die feige Bluttat an dem Barmädchen für schuldig. Deswegen soll er hängen.«

Torrance machte eine kurze Pause, um dem Gesagten mehr Gewicht zu verleihen, bevor er fortfuhr. »All das taten wir, obwohl wir wissen, dass die beiden Manning-Brüder die Gesetzeshüter ermordeten und Waco unschuldig ist. Dass die Aussage des Nachtportiers genauso erpresst wurde, wie unsere Entscheidungen. Nur aus Angst haben wir dieses Unrecht gesprochen. Das muss aufhören, weil ich endlich wieder in Ruhe und Frieden leben will. Und vor allem mit reinem Gewissen vor Gott!«

Betretenes Schweigen legte sich über den Raum. Schließlich sagte Burt Kitchner, der Barbier: »Du hast recht, auch ich kann nicht mehr in den Spiegel schauen, wenn ich Haare oder Bärte schneide, so sehr schäme ich mich. Wenn Waco aufgeknöpft wird, werde ich die Stadt verlassen und nie mehr in diesen Höllenpfuhl zurückkehren.«

»Vor deinem Gewissen kannst du nicht davon laufen«, stellte Hank Reno nüchtern fest, froh über die Einsicht. Er hatte die Männer einberufen, um ihnen mitzuteilen, dass sie nicht länger die Tyrannei erdulden und die Köpfe in den Sand stecken durften. Das war ihm klar geworden, als der Zufall seine Selbstmordabsichten zunichtegemacht hatte.

»Was also schlägst du vor? Sollen wir etwa gegen die Mannings kämpfen?«, erboste sich Sean Clearwater, nicht ohne einen furchtsamen Seitenblick auf Torrance zu werfen. Doch der Schmied ließ ihn unbehelligt.

»Hast du eine bessere Idee, Doc?«, gab Reno gereizt zurück.

»Sie werden uns alle töten, sobald wir zu den Waffen greifen! Wir haben keine Chance gegen diese harte Meute!«

Noch einmal beschwor der Store-Besitzer die Versammelten. Als ein Großteil ihm zustimmte, schnaufte der Dicke wie ein Walross. Der Rest schwieg.

»Schon Morgen können unsere Frauen und Töchter von diesen Banditen entführt werden, nur weil wir nicht das tun, was sie von uns verlangen«, ergriff Torrance erneut das Wort.

»Du hast gut reden, Todd. Du bist alleine. Dein Weib ist bereits vor Monaten von hier abgehauen«, konterte der Doc.

Der Schmied fuhr herum und packte Clearwater am Schlafittchen. Er schüttelte ihn so fest durch, dass dieser seine Gesichtsfarbe wechselte. »Das geht dich einen verdammten Dreck an, Quacksalber!«, schrie er, außer sich vor Wut.

Burt Kitchner legte dem bulligen Mann beschwichtigend die Hand auf die Schulter. »Es nützt nichts, wenn wir gegenseitig aufeinander losgehen. Wir wissen doch, dass der Doc ein Verräter ist! Er war bei den Mannings, um ihnen zu berichten, dass Hank beim Marshal auspacken will!«

Dieses Mal nahm das Murren der Menge bedrohliche Töne gegen Clearwater an.

»Statt Waco sollte dieser Mistkerl hängen!«, rief einer der Anwesenden.

»Nehmen wir es gleich in die Hände! Der Galgen steht ja schon!«, ein anderer.

Ängstlich blickte der Doc in die Runde. Schweiß stand auf seiner fleischigen Stirn. Er war so bleich wie die Knochen eines Tierkadavers in der Wüstensonne.

»Ich ... ich habe den Mannings nichts erzählt ...«, stotterte er.

»Lügner!«, erboste sich der Schmied. Und der Barbier fügte hinzu: »Butch Cliner hat deinen Verrat im Saloon herumerzählt, als er einen zu viel hatte, du elende Ratte!«

Die seit Monaten aufgestaute Wut und Hilflosigkeit der Männer richtete sich nun gegen den Spitzel in ihrer Mitte. Von Zorn getrieben rückten sie auf den Dicken zu, der mit vor Entsetzen geweiteten Augen vor ihnen zurückwich, bis er die Wand in seinem Rücken spürte.

»Wir werden dich aufknüpfen, Clearwater!«, drohten sie.

»Das könnt ihr nicht machen ...«

»Und ob wir das können, du Kanaille!«, spie Torrance aus.

»Ich ... ich weiß, wo die ... Mädchen sind!« Kaum waren dem Doc diese Worte herausgerutscht, biss er sich auch schon auf die Unterlippe.

Die Männer blieben vor ihm stehen, ließen Reno den Vortritt, der so dicht an ihn herankam, dass er seinen Angstschweiß riechen konnte.

»Wo sind sie?«

Die Frage zitterte wie ein einzelner Schlag einer Totenglocke durch die Stille.

Mit der Rechten fuhr sich Clearwater über sein schweißnasses Gesicht. Er machte sich beinahe in die Hose. Erst jetzt wurde ihm die Tragweite dessen bewusst, was er soeben von sich gegeben hatte. Als er auf der Manning-Ranch gewesen war, hatte er zufällig hören können, wie einer der Cowboys seinem Komplizen erzählte, wo Angel und Eve versteckt wurden.

Torrance, der neben Hank stand, packte den Dicken erneut an seinem Hemdkragen. »Wenn du die Frage nicht verstanden hast, dann helfe ich gerne nach!«

Nun brach Clearwaters Widerstand wie ein Kartenhaus in sich zusammen. Als er sprach, flockte Speichel von seinen aufgeworfenen Lippen.

»Die Frauen werden im Coliseum Saloon festgehalten!«

Mit einem vor Verachtung triefenden Blick ließ der Schmied ihn wieder los.

Es dauerte eine Weile, bis Hank diese Erkenntnis verdaut hatte. Endlich wusste er, wo Angel war! Und auch Eve.

»Jetzt knüpfen wir den Verräter auf!«, rief einer der Männer aus der Menge und wollte sich auf den Dicken stürzen.

Doch der Store-Besitzer ging schnell dazwischen. Noch nie in seinem Leben hatte etwas Derartiges getan, aber in diesen Minuten wuchs er über sich selbst hinaus.

»Seid vernünftig! Wenn wir den Doc hängen, dann sind wir nicht besser als die Manning-Brüder!«

»Da hört ihr es«, keuchte Clearwater erleichtert und kassierte dafür vom Schmied einen Ellbogenhieb in die Seite, der ihm für Sekunden die Luft nahm.

Mit seinem baumwollfarbenen Haar, dem zerfurchten Gesicht und den halb erhobenen Händen sah Reno in diesem Augenblick wie ein Prediger aus, der dabei war seine verloren geglaubten Schafe wieder heimzuführen.

»Wir werden jetzt gemeinsam zu Marshal Doolin hinübergehen und darauf bestehen, dass er Waco freilässt!«, beschwor er die Anwesenden. »Im Gegenzug mache ich eine schriftliche Aussage darüber, wie die Mannings die Geschworenenjury beeinflusst haben. So besteht die Möglichkeit, dass ein Bundesgericht, das von uns gesprochene Unrecht revidiert und wir uns wieder selbst in die Augen sehen können!«

»Ich unterschreibe die Erklärung ebenfalls!«, erklärte Todd Torrance ohne Umschweife. Der Barbier nickte ebenso. Die restlichen Geschworenen wollten sich gleichermaßen daran beteiligen.

»Und dann holen wir meine Tochter und Eve aus dem Coliseum Saloon!«, meinte Hank Reno weiter. »Der Doc wird allerdings hierbleiben, bevor er erneut die Mannings warnt. Insbesondere zu seinem eigenen Schutz vor der Rache der Brüder, weil er sie verraten hat. Wenn auch widerwillig."

Clearwater protestierte laut, hielt aber inne, als er in die zu allen entschlossenen Gesichter der Männer blickte. Er wollte nicht riskieren, dass sie ihn in dieser aufgeheizten Stimmung doch noch aufknüpften.

Hank verließ als Letzter den Lagerraum seines Stores, zog die Tür hinter sich zu und verriegelte sie. Dann gingen die aufgebrachten Bürger zum Marshal's Office hinüber.

Sam Doolin war ziemlich überrascht, als sie die Männer Schulter an Schulter in sein Büro drängten. Der Rest wartete draußen, zog die Aufmerksamkeit der Komplizen der Brüder auf sich, die das Jail überwachten.

Mit gespannter Miene hörte sich der Marshal an, was Hank Reno, der sich zu seiner Überraschung als Wortführer entpuppte, zu berichten hatte. Als dieser geendet hatte, versank der Sternträger in tiefes Schweigen. Mit den Aussagen der Geschworenen waren die Mannings erledigt, so viel war klar. Allerdings würden sie vorher noch eine wahre Hölle entfachen, um ihre eigene Haut zu retten!

Jetzt, da Doolin wusste, wo seine Verlobte und ihre Freundin gefangen gehalten wurden, gab es für ihn kein Halten mehr. Mit vier Dutzend Männern im Rücken, die sich zum ersten Mal offen gegen die Tyrannen von El Paso stellten, wollte er Eve und Angel befreien.

Gleich darauf holte er Everett aus dem Zellentrakt, der durch die offene Tür alles mit angehört hatte. Während er sich seinen Revolvergurt umband, sprachen sie leise miteinander. Dann verschwand Waco durch die Hintertür, sodass er von der Straße aus nicht gesehen werden konnte.

Gemeinsam mit den anderen trat der Marshal auf der Vorderseite des Office auf die Main Street hinaus und wandte sich dem Coliseum Saloon zu. Erst vor kurzem waren die Mannings von ihrer Ranch dorthin zurückgekehrt.

Neben Sam schritt Hank Reno, der seinen Sharps-Karabiner fest umklammert hielt. Er verdrängte die Angst, auch wenn der entscheidende Kampf gegen die Tyrannen von El Paso bevorstand. Ihn beherrschte weiter nur ein Gedanke:

Angel und sein stilles Versprechen an seine tote Frau sie zu erretten!

*

Sobald Waco durch den Hinterausgang geschlüpft war, huschte er an der Rückseite des Gebäudes entlang. Auch hier hatten die Mannings einen Mann abgestellt, der jetzt jedoch nachsah, was vor dem Marshal's Office los war.

Die Brüder sollten nicht mitbekommen, dass er frei war. Ohnehin würde ihre gesamte Aufmerksamkeit den aufgebrachten Bürgern gelten, die sich anschickten, zum Saloon zu marschieren.

Waco nahm zwar denselben Weg, allerdings bewegte er sich parallel zu ihnen im Schlagschatten hinter den Häusern an der Main Street.

Noch bevor Sam und die Männer die Trinkhalle erreichten, schaffte es Waco unbemerkt bis zum Schuppen, indem die Mannings ihre Vorräte lagerten. Ihm gegenüber lag der Anbau des Saloons. Er schlich hinüber und warf einen Blick durch die verschmutzte Scheibe. Im unmöblierten Raum hockten Angel und Eve mit bleichen Gesichtern und mutlosen Augen auf dem nackten Boden.

Gerade als er sich bemerkbar machen wollte, vernahm er ein Geräusch. Rechter Hand kamen zwei Männer um die Ecke. Wahrscheinlich bewachten sie den hinteren Ausgang des Anbaus.

Eng presste sich Waco an die Außenwand, glitt vorsichtig weiter, bis vor die Tür, die von einem Mesquite-Strauch gegen Blicke verdeckt wurde. Hier wartete er auf die beiden Aufpasser. Er musste versuchen sie möglichst lautlos zu überwältigen, um zu verhindern, dass sie die anderen warnen konnten. Denn damit war den gefangenen Frauen keineswegs gedient.

Aufgeregt unterhielten sich die Männer miteinander. Ihnen war sicher nicht entgangen, wie die Anwohner zum

98

Saloon zogen. Wahrscheinlich wollten sie sich von den Manning-Brüdern neue Anweisungen einholen.

Everett Waco überrumpelte sie im wahrsten Sinne des Wortes, als er jäh seitlich von ihnen aus der Deckung des Mesquite-Strauches auftauchte. Kurz hintereinander sauste der Kolben seines Peacemakers auf ihre Schädel nieder. Ohne den geringsten Laut von sich zu geben, sackten die Kerle besinnungslos zusammen. Er steckte ihre Waffen ein und lauschte angestrengt. Denn von drinnen vernahm er eine tiefe Stimme, die etwas befahl, was er nicht verstehen konnte. Sie gehörte Ned McKinney.

Als er erneut einen kurzen Blick durch das Fenster riskierte, sah er, dass Blood Beard und Cliner die Frauen aus dem dahinterliegenden Raum holten.

Ganz offensichtlich dienten sie als Faustpfand für die Mannings vor dem aufgebrachten Mob.

Es wurde es höchste Zeit zu handeln.

*

Als die Manning-Brüder die Phalanx der Bürger sahen, die sich von der Südseite der Main Street auf ihren Saloon zubewegte, waren sie überrascht. Sie konnten sich nicht erklären, warum die normalerweise feigen und duckmäuserischen Hunde auf einmal so viel Mut bewiesen.

Einer der Manning-Komplizen war bereits zur Ranch unterwegs, um die restliche Mannschaft herzuholen. Sie wurde hier gebraucht.

Jim wandte sich vom durchgehenden Frontfenster ab. »Schafft die Flittchen her!«, bellte er Ned McKinney und Butch Cliner zu, die im hinteren Schankraum auf Anweisungen warteten.

Noch immer waren die Mannings auf Blood Beard wütend. Zwar war es ihnen gelungen, die beiden flüchtenden Frauen wieder einzufangen, doch McKinney hatte kläglich versagt! Dafür würden sie ihn später zur Rechenschaft ziehen. Momentan hatten sie ganz andere Probleme.

Der vollbärtige Glatzkopf und der kleine Drahtige verschwanden augenblicklich, um dem Befehl nachzukommen. Angel und Eve befanden sich im selben Raum, aus dem sie vor Kurzem erst entkommen waren. Als die Männer die Tür entriegelten, packten sie die Freundinnen an den Schultern und stießen sie brutal vor sich her.

»Für eure dreckigen Spielchen werde ich euch umlegen, sobald sich eine Gelegenheit dazu ergibt!«, drohte Blood Beard unverblümt und wütend.

Indes nahmen weder er noch sein Komplize den Schatten wahr, der wenige Yards in ihrem Rücken durch den unverriegelten Hintereingang schlüpfte.

»Na los, nicht so lahm!«, befahl der Kopfgeldjäger. Als sie den Gang durchquert hatten, der zum Schankraum führte, dirigierten sie die Frauen vor die Fensterfront des Saloons und hielten ihnen ihre Kanonen an die Schläfen. Sie würden keine Sekunde zögern, ihnen eine Kugel zu verpassen, sobald sie auch nur mit der Wimper zuckten.

*

Sam Doolin sah die vier Brüder durch die Pendeltüren des Coliseums Saloons treten. Breitbeinig stellten sie sich nebeneinander auf dem Sidewalk auf. Aus ihren angespannten Gesichtern funkelten kalte Augen. Ihre Arme hingen lässig herab und ihre Hände schwebten wie zufällig über den Kolben ihrer Colts.

Der Town Marshal war sich bewusst darüber, dass es nur eine Frage der Zeit war, bis die restliche Bande von der Ranch hier eintraf. Es würde hart werden.

Er blieb vor dem Saloon stehen. Der Pulk der Bürger dahinter tat es ihm nach. Auf einmal war es totenstill. Nur das leise Säuseln des Wüstenwindes, der durch die Dachschindeln zog, war zu hören.

»Großer Aufmarsch, Marshal!«, spottete Jim Manning. Der Reihe nach sah er die Anwohner an, die so dreist waren sich gegen sie zu stellen. Einige schauten verunsichert weg, andere hingegen, wie der Barbier oder der Schmied erwiderten den Blick mit grimmigem Zorn.

Doolin atmete tief durch. »Ihr wisst, weswegen wir hier sind!«

»Keine Ahnung!«, konnte sich Felix Manning nicht verkneifen. »Wollt ihr vielleicht Freibier?« Die Brüder lachten kurz auf. Aber es klang hohl und unecht.

»Lasst meine Verlobte frei, die ihr gefangen haltet!«, gab der Marshal herb zurück.

»… und meine Tochter!«, rief Hank Reno, sichtlich bemüht seiner Stimme einen festen Ton zu verleihen. Er stand neben Doolin, geradeso als suche er seinen Schutz.

John Manning, der größte der Brüder, straffte sich, sodass er noch mächtiger erschien. »Wie kommt ihr darauf, dass wir die Frauen festhalten, Gentlemen?«

Der Marshal machte einen Schritt auf die vier Männer zu. Die Anwohner folgten ihm auf dem Fuß. Ihre Waffen blitzten in der Morgensonne. Diese Drohkulisse einer Übermacht schien sogar die Mannings zu beeindrucken, denn sie traten nervös von einem Fuß auf den anderen.

»Wollt ihr euch wirklich mit uns anlegen?«, fragte Jim über ihre Köpfe hinweg. »Ihr seid ein feiges Gesindel und zusammen weniger wert als einer von uns!«

»Reiß dein Maul nicht so weit auf!«, brüllte der Schmied aus der zweiten Reihe. Rein körperlich konnte er es mit jedem von den Brüdern aufnehmen.

Jim Manning verzog seine Lippen zu einem wilden Grinsen. »Sieh an, sogar der Mindeste fühlt sich in der Menge stark!«

Tatsächlich ließ sich Todd Horrance von diesen Worten provozieren und trat vor. »Ich stopf dir gleich dein Maul, Manning!«

Ganz langsam schritt Jim die Stufen den Brettergehsteig hinunter. Er erinnerte an eine Klapperschlange, die ihre Beute schon fest im Blick hatte und jeden Moment zubeißen konnte.

»Dann lass uns das gleich auf der Stelle ausfechten, Torrance!«, erwiderte er, während er sich einige Yards entfernt vor ihm aufbaute.

Sam sah es an der Zeit, einzugreifen. Er durchschaute die Absicht der Mannings, die hinter dieser Provokation stand. Sie pickten einen Einzelnen aus der Menge heraus, um ihm eine Lektion zu erteilen, damit die anderen klein beigaben. »Du wirst gar nichts …«, begann er, wurde aber von Horrance unterbrochen.

»Lass gut sein, Marshal. Ich habe keine Angst.«

Plötzlich zogen die drei Mannings auf dem Sidewalk ihre Revolver und richteten sie auf die Männer vor sich. Ungeachtet dessen, dass diese selbst Waffen in den Fäusten hielten.

»Sollte der Schmied das Duell gegen meinen Bruder gewinnen, könnt ihr den Saloon durchsuchen!«, erklärte Frank großzügig. »Wenn nicht, dann verzieht ihr euch!«

Ein Raunen ging durch die Menge. Die gemeinsame Entschlossenheit, die sie hergeführt hatte, schien zu bröckeln. Nur Burt Kitchner ließ sich nicht einschüchtern. Und auch Hank Reno blieb standhaft.

»Mach keinen Unsinn, Todd!«, warnte Sam eindringlich. »Jim wird dich erschießen!«

Der Schmied schluckte. Ein bleiernes Gefühl breitete sich in seinem Magen aus. Er begriff, dass er zu weit gegangen war. Sein Gegner gehörte zu den besten Gunslingern des Landes. Und er war nur ein einfacher Handwerker, der in diesen Minuten mehr Mut bewies als in den vergangenen Monaten.

»Lass es!«, wiederholte Sam, der in die Revolvermündungen der drei Mannings starrte. Als er einen schnellen Blick zum Saloon riskierte, machte sein Herz einen Sprung.

Hinter der großen Frontscheibe glaubte er für einen Moment, Eve und Angel zu erkennen. Neben ihnen McKinney und Cliner, die sie mit ihren Waffen bedrohten.

Galle stieg in seiner Kehle auf. Und nackte Angst um seine Liebste und ihre Freundin. Doch er war zur Tatenlosigkeit verdammt. Eine falsche Bewegung und die Mannings würden ihn mit Blei durchsieben!

Nervös leckte sich der Schmied über die Lippen. Seine mächtigen Pranken zitterten. Er war alleine auf sich gestellt. Keiner konnte ihm jetzt helfen. Und doch waren alle Augen auf ihn gerichtet.

Sein Blick traf den seines Gegenübers. Ganz ruhig stand Jim da, musterte ihn scheinbar gleichgültig. Ein bitteres Lächeln kerbte seine Mundwinkel.

Die Szenerie erinnerte an zwei Grizzlys, kurz bevor sie aufeinander losgingen. Doch nur einer von ihnen besaß einen Killerinstinkt. Zweifellos war dies Jim Manning.

Fast greifbar lag die Spannung über der Main Street.

Als Todd Horrance ein jähes Aufblitzen in den Augen seines Gegners sah, zog er seinen Colt, brachte ihn aber nicht einmal halb aus dem Holster.

Jim Manning schlug ihn ohne große Mühe. Sein Schuss krachte auf. Das Blei fuhr dem mutigen Schmied glühend in die Brust, warf seinen groben, muskulösen Körper nach hinten. Als er in den Straßenstaub fiel, lebte er noch. Seine Waffe hatte er beim Sturz nicht losgelassen, sondern riss sie mit einer krampfhaften Bewegung in die Höhe.

Jäh setzte Jim Mannings zweite Kugel seinem Leben ein Ende. Mit einem Einschussloch in der Stirn sank Todd Horrance in sich zusammen. Seine gebrochenen Augen starrten in das Morgenlicht.

Mit Entsetzen waren die Menschen soeben Zeugen davon geworden, wie einer ihrer Wortführer zusammengeschossen worden war.

Das war der Moment, in dem Burt Kitchner durchdrehte und damit die Hölle auf Erden entfesselte!

Waco huschte durch die unverriegelte Hintertür des Saloon-Anbaus und harrte bewegungslos hinter einem der hölzernen Stützpfosten aus.

Einige Yards von ihm entfernt trieben McKinney und Cliner die beiden Frauen vor sich her. Allerdings wagte er es nicht einzugreifen. Zu groß war die Gefahr, dass Angel und Eve bei einem Schusswechsel in dem engen Gang verletzt wurden.

Leise folgte er den Männern und ihren Gefangenen in den Schankraum. Unbemerkt suchte er Deckung hinter die Bartheke. Während er noch fieberhaft überlegte, wie er den Frauen helfen konnte, krachten draußen Schüsse auf.

Am Tresen vorbei spähte Waco durch das Frontfenster des Coliseum Saloons hinaus. Jim Manning hatte sich mit dem Schmied duelliert und ihn eiskalt erschossen.

Dann geschahen mehrere Dinge gleichzeitig …

*

Von tiefem Hass und unbändiger Wut erfüllt riss Burt Kitchner seine Winchester an die Brust. Doch er zog so überhastet durch, dass die Kugel Jim Manning weit verfehlte.

Plötzlich krachten hinter der Menschenmenge Salven von Schüssen auf. Von Kugeln getroffen sanken einige Männer zu Boden.

In wildem Galopp kam die Manning-Mannschaft von der Ranch in die Stadt heran geritten. Die Waffen in ihren Fäusten spuckten Tod und Verderben.

Instinktiv warf sich Sam Doolin zur Seite, um dem Kugelhagel zu entgehen. Einen Fluch zwischen den Zähnen zerbeißend, rollte er sich hinter eine Pferdetränke in Deckung. Diejenigen, die noch in den Stiefeln standen, suchten Schutz im Barbier-Shop oder im General-Store, um das Feuer zu erwidern.

Von den vier Dutzend mutigen Bürgern lag bereits ein halbes Dutzend tot oder verwundet auf der Main Street, die von einem Moment zum anderen aussah wie ein Schlachtfeld.

Die Revolvermänner stiegen von ihren Pferden ab und verteilten sich in den umliegenden Gebäuden, während sich die Manning-Brüder im Coliseum Saloon verschanzten.

Überall brüllten Gewehre und Colts auf. Ihr Donnern und Krachen widerhallte als Echo zwischen den Häusern. Pulverrauch trieb im heißen Wind über die Hauptstraße. Kugeln sirrten wie Moskitos durch die Luft oder winselten als gefährliche Querschläger umher.

Sam warf einen Blick zum Saloon hinüber, als plötzlich die Frontscheibe mit einem ohrenbetäubenden Knall in tausend Scherben zerplatzte.

Eve! Angel!

Der Marshal schluckte den würgenden Kloß in seiner Kehle hinunter, die schmerzte, als hätte er Glassplitter gegessen. Doch ihm blieb keine Zeit weiter darüber nachzudenken, lag er doch mitten im Kreuzfeuer.

Als erneut Kugeln Späne aus dem Holz vor ihm rissen, duckte er sich noch tiefer hinter die Pferdetränke. Er warf einen hektischen Blick über die Schulter. Der Eingang zum Store war nur wenige Yards von ihm entfernt. Im toten Fensterwinkel kauerte Hank Reno mit seinem Karabiner und bedeutete ihm, hinüberzukommen.

In der Tat musste Sam seine Position verändern. Aber er wollte in den Saloon. Zu Angel!

Hektisch lud der Marshal seinen Revolver nach. Dann sprang er hinter seiner Deckung hervor, rannte im Zickzack über die Hauptstraße auf den Eingang der Futtermittelhandlung zu, die neben dem Coliseum lag. Das heiße Blei pfiff ihm nur so um die Ohren. Dennoch erreichte er unverletzt den Laden und stürzte durch die unverschlossene Tür.

Keuchend wischte er sich den Schweiß von der Stirn. Durch das Fenster sah er die Mündungsblitze, die von beiden Seiten der Straße aufflammten. Der längst fällige Kampf um die Vorherrschaft in der Stadt war entbrannt.

Plötzlich vernahm Doolin polternde Schritte in seinem Rücken und fuhr herum.

Im Bruchteil einer Sekunde erfasste er einen von Mannings Revolvermännern, der sich offenbar hier verschanzt hatte. Beide drückten gleichzeitig ab. Sam erwischte den Burschen mit dem langen roten Haar am Hals und mähte ihn nieder. Dessen Kugel zupfte lediglich am linken Hemdärmel des Town Marshals, zerriss den Stoff und hinterließ einen ungefährlichen Streifschuss.

Da! Wieder ein Geräusch! Dieses Mal kam es aus einer der Regalreihen zu seiner Rechten. Jemand schlich sich an ihn heran …

Sam griff nach einem der Futtermittelsäcke, die hier überall herumlagen, warf ihn einige Yards von sich entfernt zu Boden. Sofort bellte eine Waffe auf. Die Geschosse durchlöcherten den Jutesack. Goldgelber Mais rieselte wie grobkörniger Sand heraus. Damit hatte der Unbekannte seine Position verraten. Sam huschte an den Regalen entlang und ehe es sich sein Gegner versah, drückte er ihm seinen Colt ins Kreuz.

»Bist du allein?«, fragte er barsch.

Ungeachtet der Revolvermündung an seinem Leib wirbelte der Mann mit dem dunklen Mexikanergesicht herum und legte auf den Marshal an.

Sams Waffe bellte auf. Der Körper des Gunslingers zuckte unter dem Einschlag der Kugel zusammen, die ihn in ein Regal stieß, das unter seinem Gewicht zusammenkrachte.

So viel Tod und Leid, dachte Sam, als er über den reglosen Mann hinweg stieg, während von draußen die Intensität der Schusssalven weiter zunahm. Das Gute daran war, dass die Bürger von El Paso nicht aufgaben, nachdem Jim Manning den Schmied vor ihren Augen erschossen hatte. Wenn es ihnen allerdings nicht gelang, die Vorherrschaft des brutalen Familienclans zu brechen, dann waren Eve und Angel unweigerlich verloren! Genauso wie die ganze Stadt.

Beseelt von diesen düsteren Gedanken stiefelte der Marshal aus dem Hinterausgang der Futtermittelhandlung ins Freie. Linker Hand lag der Anbau des Coliseum Saloons, dessen Tür weit offenstand. Neben dem schmalen Fenster lagen zwei Männer. Als Sam im Schatten des Vordachs hinübereilte, stellte er mit einem schnellen Blick fest, dass sie bewusstlos waren. Jemand hatte ihnen eins über den Schädel gegeben. Dafür kam eigentlich nur Everett infrage!

Mit vorgehaltener Waffe schlich der Town Marshal durch die Hintertür in den rückwärtigen Anbau des Saloons hinein. Mit wild hämmerndem Herzen blieb er einen Moment stehen, um seine Augen an die schummrigen Lichtverhältnisse zu gewöhnen, die hier drin herrschten. Neben dem Bier- und Rauchmief glaubte er auch, Eves französisches Parfüm zu riechen, das er ihr zum letzten Geburtstag geschenkt hatte.

Dies ließ Sam alles weitere vergessen. Selbst das Blut und den pochenden Streifschuss an seinem Arm.

*

Als die Frontscheibe des Coliseums zerbarst, suchten die Manning-Brüder in die Ecken des Schankraums Deckung. McKinney und Cliner drückten sich an die Wand, um ein kleinstmögliches Ziel abzugeben.

Angel und Eve schrien laut auf. Haaresbreit surrten die Kugeln wie wütende Hornissen an ihnen vorbei, zerpflügten das hölzerne Mobiliar hinter und neben ihnen. Der große Wandspiegel über der Bartheke zerbrach. Instinktiv warfen sich die Frauen zu Boden. Im rückwärtigen Bereich des Saloons lagen umgestürzte Tische, hinter denen sie Schutz vor dem Bleigewitter finden konnten. Auf allen vieren krochen sie hinüber, während um sie herum Holz splitterte, Gläser, Flaschen und Teller zu Bruch gingen.

Als Jim Manning das sah, brüllte er über das Krachen der Schusssalven hinweg: »Stellt die Schlampen wieder ans Fenster, damit die Hurensöhne mit der Ballerei aufhören!«

Verbissen erwiderten die Brüder und ihre verbliebenen Männer, die sich um den Saloon verteilt hatten, das Bleigewitter, das ihnen aus den gegenüberliegenden Gebäuden entgegenschlug. Ihre Gegner feuerten aus allen Rohren.

Als Blood Beard und sein Komplize dem Befehl ausführen wollten, klang völlig unerwartet eine harte Stimme in ihrem Rücken auf. Sie zuckten regelrecht zusammen.

»Waffen weg!«, rief Waco, der nur wenige Yards entfernt neben dem Tresen kauerte. Er ahnte bereits, dass die Revolvermänner den Teufel tun würden, seiner Aufforderung nachzukommen.

Nun ging alles blitzschnell. Mit den Colts in den Fäusten wirbelten McKinney und Cliner zu ihm herum, schossen einfach drauf los.

Waco duckte sich weg und zog den Peacemaker schnell hintereinander durch. Zweimal traf er Cliner in die Brust. Der kleine drahtige Mann war tot, bevor er noch einmal blinzeln konnte.

Blood Beard hingegen hatte Eve in seiner Gewalt, zog sie an den Haaren hinter dem umgestürzten Tisch hervor. Angel lag regungslos daneben.

Waco konnte von seiner Position aus nicht sehen, was ihr fehlte. War sie etwa von einer Kugel oder einem Querschläger getroffen worden?

Ihm blieb keine Zeit weiter darüber nachzudenken, denn McKinney hielt Eve, die neben ihm stand, den Revolver an den Kopf.

»Flossen hoch!«, drohte er. »Sonst schieße ich dem Flittchen das Gehirn aus dem Schädel!« Zur Bestätigung seiner Worte verstärkte er den Druck mit der Revolvermündung, sodass die Rothaarige vor Schmerz aufschrie.

Wacos Gedanken überschlugen sich. Selbst wenn er als erstes schoss, riskierte er, dass Blood Beard noch abdrücken konnte.

Als Ned McKinneys kühle Augen plötzlich an ihm vorbei sahen, war es bereits zu spät für ihn! Denn mit dem Aufpeitschen der Schussdetonation zerschmetterte eine Kugel seine Stirn. Die Wucht des Einschlags warf seinen schweren Körper bis an die Wand zurück. Tot sackte er zusammen.

Eve war vor Schock erstarrt. Sie zitterte, konnte noch gar nicht begreifen, was soeben geschehen war.

Waco drehte sich um. Hinter ihm stand ein Mann mit einem Colt in der rechten Faust, aus dessen Mündung ein feiner Rauchfaden kräuselte. Sein linker Arm blutete. An der Weste trug er den Marshal-Stern.

Sam!

Mit seinem Präzisionsschuss hatte er alles auf eine Karte gesetzt und gewonnen.

Jetzt löste sich ein spitzer Schrei aus Eves Kehle. Vor Erlösung. Vor Freude. Und vor unbändiger Liebe. Mit zwei, drei großen Sätzen warf sie sich ihrem Verlobten in die Arme. Doch unversehens zog Sam sie hinter das Piano in Deckung, das neben dem Bartresen stand.

Wacos Blick streifte Angel, die noch immer leblos auf dem Boden lag. Allerdings hatte er keine Zeit, sich um sie zu kümmern.

Denn der eigentliche Showdown begann gerade erst!

*

Die Mannings bekamen von dem Geschehen im rückwärtigen Bereich des Saloons zunächst nichts mit. Schließlich waren sie vollauf damit beschäftigt, das ungebrochene Sperrfeuer zu erwidern. Die ansonsten feigen Anwohner leisteten weiter tapfer Widerstand. Einige stellten sich als ausgezeichnete Schützen heraus. Aufgrund ihrer Überzahl war es ihnen sogar gelungen, die Ranch-Mannschaft der

Mannings fast gänzlich auszuschalten. Die Brüder hatten Mühe, ihre Stellung im Coliseum zu halten.

Erst als John sich umwandte, um McKinney und Cliner zu sich zu rufen, sein Blick aber gleich darauf auf ihre Leichen fiel, da wurde ihm bewusst, was die Stunde geschlagen hatte! Jegliche Farbe wich aus seinem Gesicht.

Waco, Doolin …

Er riss seine Waffe hoch, legte auf die beiden Männer an. Doch bevor er durchziehen konnte, blitzte ihm schon das Mündungsfeuer des Peacemakers entgegen. Wie von einer Riesenfaust getroffen wurde John von den Beinen geholt. Rücklings stürzte er durch den Holzrahmen des zersplitterten Saloonfensters nach draußen und blieb mit seltsam verrenkten Gliedern auf dem Brettergehsteig liegen.

Jim, Felix und Frank Manning fuhren herum. Nicht nur dass John tot war, auch McKinney und Cliner waren ausgeschaltet. Everett Waco und Sam Doolin hatten sich hinter der Theke verschanzt, damit sie nicht selbst von den Kugeln der Anwohner getroffen wurden.

»Verdammt!«, fluchte Jim, denn sie lagen jetzt wie auf dem Präsentierteller mitten im Kreuzfeuer. Ihre Chancen standen nicht gerade gut.

»Ergebt euch!«, rief ihnen der Town Marshal vom Schanktisch her zu.

Die Brüder waren keinesfalls lebensmüde und klug genug, ihre Situation richtig einzuschätzen. Langsam legten sie ihre Waffen vor sich auf den Boden.

Draußen verhallten die letzten Schussdetonationen. Die Anwohner stellten das Feuer ein, nachdem sie mitbekommen hatten, dass sich die Mannings ergaben.

»Ihr habt gewonnen!«, raunte Jim in die plötzliche Stille hinein. In seinen Augen glomm unbändiger Zorn. Beim Gedanken an seinen toten Bruder konnte er sich nur mühsam beherrschen.

Mit vorgehaltenen Waffen kamen Sam und Waco hinter der Bartheke hervor.

»Hände über den Kopf und auf die Knie!«, befahl der Marshal.

Die Mannings taten wie ihnen geheißen. Dabei entging Waco keineswegs, dass ihre Körper so gespannt wie Bogensehnen waren. Die Muskeln unter dem Stoff ihrer Hemden zitterten, so als warteten sie nur auf die kleinste Unaufmerksamkeit, um loszuschlagen.

Wie einem Nest voller Klapperschlangen näherten sich die beiden Freunde den Männern. Sie gingen an Angel vorbei, die nach wie vor reglos hinter einem der umgestürzten Tische lag.

In dem Moment, als Waco ihr einen kurzen Blick zuwarf, reagierten die Mannings!

Aus ihrer knienden Haltung heraus schnellten drei von ihnen nach vorn und packten ihre Waffen, während Frank aus seinem Stiefelschaft einen Derringer zog. Die Bewegung war so rasch und fließend erfolgt, dass sie mit dem bloßen Auge kaum zu verfolgen war.

Die einschüssige Taschenpistole krachte los. Die Kugel schlug dem Marshal in den bereits verletzten Arm, sodass dieser seinen eigenen Schuss verriss.

Aber auch Waco zog durch. Sein Geschoss zerschmetterte Franks Waffenhand. Völlig entgeistert starrte er auf die zerfetzten Finger, so als könnte er es nicht glauben.

Inzwischen hatten Jim und Felix ihre Colts in Anschlag gebracht, als plötzlich eine flatternde Stimme hinter ihnen aufklang.

»Auf diese Stunde habe ich gewartet!«, sagte Hank Reno, der mit Burt Kitchner durch das zerschossene, bodentiefe Fenster getreten war. Ihre Gewehrläufe wanderten zwischen den Brüdern hin und her.

»Und ich werde euch gleich an Ort und Stelle in die Hölle schicken!«, ergänzte der Barbier. »Das bin ich meinem Freund, dem Schmied Todd Torrance mehr als schuldig!«

Die Mannings begriffen, dass die aufgebrachten Männer in ihrem Rücken nur darauf warteten, ihre Drohung wahr zu machen. Zudem hielt ihnen Waco auch noch seinen Peacemaker unter die Nase.

Entmutigt ließen die Brüder ihre Waffen fallen.

Das Spiel war aus und der Kampf vorbei.

*

Angel hatte keine Verletzung davon getragen. Sie war beim Feuergefecht lediglich ohnmächtig geworden. Auch wenn sie sich in der Gefangenschaft ihrer Freundin gegenüber stark gezeigt hatte, war zum Schluss alles zu viel für sie gewesen.

Gleich nachdem die Bürger Doc Clearwater aus dem verschlossenen Hinterzimmer des General Stores geholt hatten, kümmerte er sich um die Verwundung des Marshals. Der Streif- und Durchschuss an seinem Arm würde schnell heilen und zu keinen bleibenden Schäden führen.

Für den Knochenflicker gab es mehr zu tun als jemals zuvor, seit er in El Paso praktizierte. Auf beiden Seiten hatte es große Verluste gegeben. Tote und Verwundete. Nun konnte er etwas für die Gemeinschaft tun, um wenigstens einen Teil seiner Schuld zu sühnen.

Die drei Manning-Brüder wurden zunächst im Town Jail untergebracht. Der eiligst einberufene Stadtrat enthob Clifford Preyer seines Amtes als Bürgermeister. Sam Doolin hingegen wurde als Marshal bestätigt.

Alle acht Geschworenen, die den Kampf überlebt hatten, zu denen auch Clearwater zählte, machten eine schriftliche Aussage. Sie packten hinsichtlich der manipulierten Jury-Entscheidungen in den Strafsachen Stanley Cumming, Dallas Stoudenmire und Sarah Tracey aus. Außerdem gab der Nachtportier des Del Norte-Hotels, Tom Holcroft, zu Protokoll, dass er auf Druck der Manning-Brüder eine Falschangabe gemacht hatte. Er erklärte, dass Waco auf sein Zimmer ging, nachdem McKinney, Cliner und Jim Manning bei ihr gewesen waren. Das Barmädchen war schon tot, als Waco ins Hotel zurückkam.

Danach telegrafierte Sam seinen Bericht über die Ereignisse in El Paso dem zuständigen County-Sheriff, dem US-Marshals Service sowie dem Texas State Capitol in Austin.

Zwei Tage später wurden Jim, Felix und John Manning von Bundesmarshals in die Landeshauptstadt überführt. Dort mussten sie sich vor einer unbefangenen Jury wegen der Morde sowie den Entführungen von Angel Reno und Eve Parker verantworten.

Das State Capitol leitete gegen die Geschworenen von El Paso, den Stadtrat und den abgesetzten Bürgermeister Verfahren wegen Falschaussagen und Korruption ein. Richter Tim Bean, der die fragwürdigen Verhandlungen geleitet und die Urteile gefällt hatte, musste ebenfalls Rede und Antwort stehen.

Den Beschuldigten wurde jedoch zugutegehalten, dass sie sich schließlich selbst vom Joch der Mannings befreit hatten. Wenn auch nur mit tatkräftiger Unterstützung des jungen Town Marshals Sam Doolin und seines Freundes Everett Waco.

Nach einer langen Zeit der Tyrannei und Gewalt kehrte wieder Ruhe und Frieden in El Paso ein.

*

Mit großem Brimborium wurde die Doolin-Hochzeit auf dem Anwesen der Renos gefeiert. Die halbe Stadt war da. Einige Anwohner sorgten mit ihren Musikinstrumenten für ausgelassene Tanzmusik. Unter ihnen der Barbier Burt Kitchner, der sich als bestechender Gitarrenspieler hervortat.

Niemals zuvor hatte Waco seinen frisch vermählten Freund fröhlicher gesehen, als an diesem Tag. Und auch Eve strahlte unter ihrem weißen Brautschleier nur so vor Glück.

Waco ließ es sich nicht nehmen sich mit Angel an der Seite aufs Tanzparkett zu wagen. Ihre himmelblauen Augen blitzten fröhlich. Selbst ihr Vater Hank wagte mit der robusten Stadtbibliothekarin eine kesse Sohle.

Später zog Sam Everett beiseite. »Ich weiß nicht, wie das alles ohne deine Hilfe ausgegangen wäre«, gestand er ein. Für einen Moment war der Marshal tiefernst.

»Du bist mein Freund. Und Freunde sind füreinander da. Du hättest dasselbe für mich getan!«, meinte Waco aufrichtig.

Sam nickte. Das Lächeln um seine Lippen spiegelte sich in seinen Augen. »Du hast recht! Und jetzt lass uns weiter feiern.«

Die beiden Männer gingen zur feuchtfröhlichen Hochzeitsgemeinschaft zurück. Eve nahm ihren Gatten in die Arme, so als wollte sie ihn nie wieder loslassen.

Angel hakte sich bei Waco unter. »Heute Nacht bleibe ich bei dir«, versprach sie.

Der Angesprochene nickte, selbst wenn ihre gemeinsame Zeit nur von kurzer Dauer war.

Ein unbezähmbarer Mann wie Everett Waco hielt es an keinem Ort lange aus.

ENDE

Verpassen Sie keine Neuerscheinung!

Tragen Sie sich in den Newsletter von *EK-2 Militär* ein, um über aktuelle Angebote und Neuerscheinungen informiert zu werden und an exklusiven Leser-Aktionen teilzunehmen.

Link zum Newsletter:
https://ek2-publishing.aweb.page

Über unsere Homepage:
www.ek2-publishing.com
Klick auf *Newsletter*

Via Google: EK-2 Verlag

Als besonderes Dankeschön erhalten Sie **<u>kostenlos</u>** das E-Book »Die Weltenkrieg Saga« von Tom Zola.

Deutsche Panzertechnik trifft außerirdischen Zorn in diesem fesselnden Action-Spektakel!

Sichern Sie sich jetzt die nächsten Bände!

Entdecken Sie weitere spannende und historische Western-Abenteuer der Roman-Reihe „**Das Gesetz des Westens**"!

Kampf um die Longhorn-Ranch
von Alfred Wallon

„Der mutige Tom Cannon sieht sich gezwungen die Rancher aus seiner Heimat aus den Klauen eines tyrannischen Geschäftsmannes zu befreien."

Freuen Sie sich auf regelmäßige Neuerscheinungen von EK-2 Publishing, Ihrem Verlag für historische Literatur! Hier geht es direkt zur Reihe:

Mehr von EK-2 Militär!

Was wäre, wenn die fähigsten deutschen Offiziere den Krieg nach ihren Vorstellungen geführt hätten? – Finden Sie es heraus mit der fesselnden Alternativweltserie „Imperium Germanicum"!

Begeben Sie sich auf eine einmalige Reise in jene Zeit, die die Schweiz, wie wir sie heute kennen, geformt hat. Tauchen Sie in die historische Mittelalterserie „Die Nacht am Feuer" ein!

Ihre Zufriedenheit ist unser Ziel!

Liebe Leser, liebe Leserinnen,

hat Ihnen unser Buch gefallen? Haben Sie Anmerkungen für uns? Kritik? Bitte zögern Sie nicht, uns zu schreiben. Wir werden jede Nachricht persönlich lesen und beantworten.

Schreiben Sie uns: info@ek2-publishing.com

Wussten Sie schon, dass Sie uns dabei unterstützen können, deutsche Militärliteratur sichtbarer zu machen? Bitte nehmen Sie sich einen Moment Zeit und bewerten Sie dieses Buch auf Amazon. Viele positive Rezensionen führen dazu, dass das Buch mehr Menschen angezeigt wird.

Sie können somit mit wenigen Minuten Zeitaufwand unserem kleinen Familienunternehmen einen großen Gefallen tun. Vielen Dank für Ihre Unterstützung!

PS: In seltenen Fällen kommt ein Buch beschädigt beim Kunden an. Bitte zögern Sie in diesem Fall nicht, uns zu kontaktieren. Selbstverständlich ersetzen wir Ihnen das Buch kostenlos.

Impressum

Eine Veröffentlichung der EK2-Publishing GmbH
Friedensstraße 12, 47228 Duisburg
Handelsregisternummer: HRB 30321
Geschäftsführerin: Monika Münstermann

E-Mail: info@ek2-publishing.com
Website: www.ek2-publishing.com

Autor: Rocky G. Hollister
Cover/Umschlag: Mario Heyer
Lektorat & Buchsatz: Eduard Krisan

1. Auflage, Dezember 2024